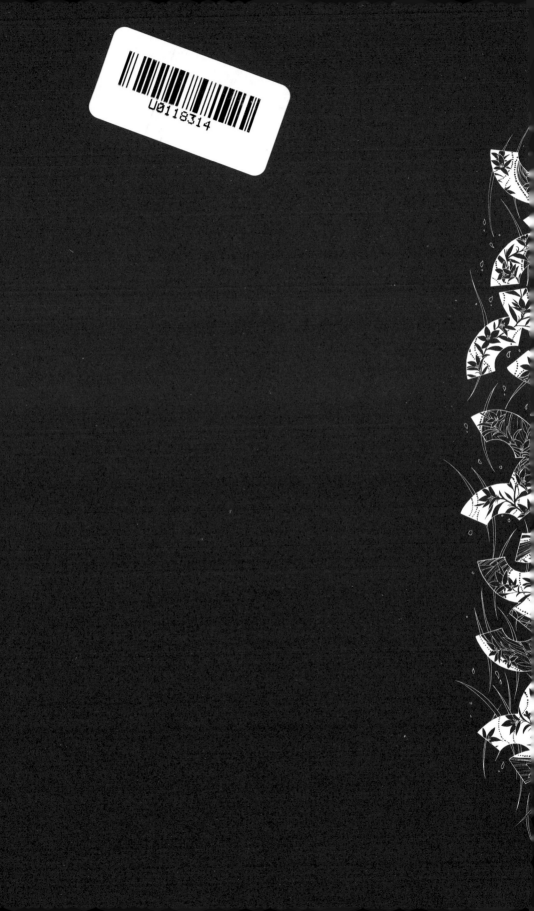

舊夢系列

舊夢迷藏

沈西城 著

余元康 題

序

五年間出了不少書，最能賣的是《舊夢依稀》，一千本，售罄，曰數量不多，在出版業吹寒風時，已是奇蹟。

這本《舊夢迷濛》，是前作的引延，只是滄桑更濃。人到古稀，惟有寫過去的事兒，當然，這也只有年齡相近的人欣賞、喜歡。

老讀友們，衷心希望你們能欣賞、喜歡，謝謝！

老同學鄧昌成君爲拙著題封面，另加刻印，網友余元康忙中題字，厚誼濃情，豈是個「謝」字得了。

西城　甲辰年新春
於隨緣軒

目錄

章一：追憶故人

章二：光影鎂光

目錄

章三：說文解話

章四：雜話人生

章一：追憶故人

顧嘉煇的《夢》

六十年代中期，每到皇后戲院地庫的夏蕙夜總會，必然聽到這首時代曲：「人說人生如夢，我說夢如人生，短短一剎，你快樂你興奮，匆匆的一場，你悲哀，你苦悶……」腳癢，跟女友格蕾絲下舞池跳個不亦樂乎。一直以爲這是駐場歌星嗚茜的主打歌，後來方知原唱是顧嘉煇的胞姐顧媚。《夢》是顧嘉煇第一首國語時代曲作品，曾參與邵氏電影《不了情》徵曲大賽，入了圍，卻不能成爲主題曲。感到奇怪，若干年後跟顧媚姊閒話家常，提到這件事，媚姊說：「當年《不了情》徵主題曲，阿煇跑去參加，我有信心，後來卻敗在王福齡手上，其實輸得很合理，要知《不了情》是一部悲劇，歌曲幽怨哀傷更切題意，阿煇的《夢》，太輕快了，可因爲寫得好，邵氏不忍捨棄，把它當爲《不了情》的插曲，阿煇也因這首歌開啟了他的歌曲創作之路。」

月接月，年復年，顧嘉煇成爲香港最有名的作曲家，人頌之爲香港樂壇大師，且有人說「前無古人，後無來者」，有點兒誇大了。要知道四十年代，上海有幾名作曲天王：黎錦光、陳歌辛，姚敏、劉雪庵，香港也有李厚襄、王福齡，位位都是大師，以技藝而論，都不遜顧嘉煇，所以前無古人這句話並不眞確。說到後無來者，直至目前，的確沒有，這正是香港樂壇的悲哀。

六、七十年代香港流行歌曲水準不俗，立於尖端者，一是顧嘉煇，二是黎小田，爭持不下，互領風騷，後來又加入市井歌星許冠傑。我很依戀顧嘉煇和黎小田，前者最膾炙人口的歌曲無庸置疑是《上海灘》，「浪奔浪流，萬里滔滔江水永不休，淘盡了世間事，混作滔滔一片潮流……」，氣勢磅礡，人人喝采，我有意壓壓塡詞的黃霑鋒頭：「霑哥，上海灘，誇啦啦，只係有一點不對頭。」「小子，哪裏不對頭？」我說：「霑哥，黃浦江係內江，沒有浪，何來浪奔浪流？」黃霑不愧爲鬼才，一聽，仿倪老匡哈哈三聲大笑：「臭小子，有甚麼問題哩？好聽就可以，無浪哪有氣勢？雞蛋黃裏挑骨頭，呸！」我無話可說。黎小田的歌比較陰柔，我最喜歡《換到千般恨》，「夢裏百花正盛開，夢醒再沒有存在，付過千般愛，換到千般恨，誓約已經變痛哀……」老友盧國沾的詞眞哀怨動人。

我在無線唱麗的的歌，背後傳來相同的歌聲，正是「不文霑」。「霑哥，你好！」「好你個屁，又要開會！」黃霑最怕開會，一開會，他就邊抽煙邊罵，最後拍檯拂袖而去。顧嘉煇也不大喜歡開會，喜歡靜靜的守在家中彈琴、作曲。煇黃合作，不用見面，透過電話，音樂彈給黃霑聽，黃霑記下音符，起筆一揮而就。

顧嘉煇憂鬱沾臉，沉默寡言，就是女人運好，夏蕙年代，秀氣逼人的鳴茜，不消說，就是到後來他成了大名，更有一個出名的上海女歌星傾情於他。拉拉扯扯，實在熬不住了，居然勻出四萬大元要他離開髮妻。嘉煇豈是負心郎，婉言拒之。上海女人就是有膽識，好搶。顧媚得悉此事，氣得七孔生煙。事隔多年，朋友遇到那位上海女歌星，好奇地問爲甚麼你這樣喜歡顧嘉煇？喜歡他的才華？望着遠邊天際，嘆了口氣，淡淡的回道：「因爲他可憐，需要我對他的照顧。」

策劃歡送電視節目

很多朋友以爲我跟顧嘉煇有不少交集，實則不然，雖然我曾編寫過《京華春夢》，見過顧嘉煇前前後後不過三面。一九八一年顧嘉煇赴美深造音樂半年，行前，無線爲他舉辦一個叫《群星拱照顧嘉煇》的節目，我任策劃。

《群星拱照顧嘉煇》特刊，一九八一年無線電視出版出版，收錄顧嘉煇作品歌譜、群星照片等等。

當夜天皇巨星雲集，黃霑、葉麗儀、羅文、甄妮、鄭少秋……都來支持。午間我跟煇哥對稿，一字一句的對，非常專業，此外，再無言語。節目盛況，現在我已沒有甚麼印象，只有一件事永難忘記。當節目進行至一半時，突然宴會廳的門被推開，波叔（粵劇名伶梁醒波）出現了，工人攙扶着他，身旁掛着一個尿袋，一步步的走進來。這可嚇壞了肥肥（藝人沈殿霞），忙上前去，溫柔地罵着：「波叔呀，真不聽話，你來幹甚麼？你應該待在家休息！」「阿煇去美國，我能夠不來送一送嗎？說不定——」「波叔，不要說下去了，求求你不要再說下去了！」肥肥緊握着波叔的雙手，我聽得肥肥低低地在抽泣。果然顧嘉煇離港不久，波叔仙遊。

另外一次是一七年顧媚從加返港開畫展，顧嘉煇亦有作品參展。顧媚給我介紹，他問顧媚怎會結識我？顧媚說是陳伯毅介紹的。陳伯毅是顧嘉煇在夏蕙時期的音樂夥伴，伯毅大哥是大提琴手，他們曾經同住過一個時期，友情濃得化不開。陳伯毅去世多年，今日他的良朋亦撒手西歸。煇黃是香港人的標誌，如今，顧嘉煇、黃霑都奔赴天堂，加上一個陳伯毅，攜手延續他們的音樂夢。此刻，請你們閉上眼，靜靜地聆聽，來了，來了！「女兒意，英雄痴，吐盡恩義情深幾許；塞外約，枕畔詩，心中也留多少醉。」仙樂飄飄處處聞，他們不忍心離開我們！

高手過招 倪匡VS何錦玲

八十年代初的某個秋日黃昏，倪匡忽地捎來電話一通，十萬火急，要我晚上七點半趕到銅鑼灣的小小菜館，問有啥事？聽筒裏傳來幾聲詭秘笑聲：「問那麼多作啥，去了便知曉。」一來好奇心驅使，二則肚皮裏饞蟲蠕動不止，七點廿一分便到埗。貴賓房裏，只有我一個兒，看手錶七點卅分缺十秒，我開始計時，一、二、三、四、五、六、七……準七點卅分，「倪先生到！」房門打開，閃進好一個白綢上衣、仿麻黃長褲倪匡，坐下，腳一翹，東南西北一瞧：「哈哈，請吃飯的老闆還未到！」我正想問老闆是誰，弄得神秘兮兮的。「小葉，這個老闆你一定得認識，好玩到極！」倪匡喝了口龍井茶，正兒八經地說。

未幾，門外先傳來鞋踭敲地聲，咯咯咯！接下來的便是篤篤篤敲門音。

倪匡
1935-2022

倪匡提氣喊「請進！」門推開，蘭麝撲鼻，香氣襲人，飄進苗條人影。一看，呼吸止了，眼睛瞎了，嘴巴乾了。進來的那位麗人女史，五呎三、四吋左右，不高不矮，穠纖合度，輕搖蓮步，來到倪先生根前：「倪大哥，勿好意思，小妹遲到哉！」軟軟糯糯，黏黏答答，聽得骨頭酥心兒跳，吳儂細語，正是母親最愛說的蘇州話，尾音長長，餘音裊裊，天下男人競折腰（我也在其內）。倪匡作介紹：「小葉，何錦玲小姐，咱們的何大姐，《集成圖書》公司經理、《星島日報星辰版》主編，來自台灣。」「倪先生，別亂說，小編輯罷了！比不上你大作家！」謙虛得教人噤聲。

這時候，何大姐大抵發現了我的存在，白了我眼。倪匡立卽介紹：「這個小兒郎是沈西城，青年作家，跟我倆一樣，是上海人。」「好好好！」一連三個「好」，同鄉情誼深：「待會你千萬勿要客氣，喝多些，吃多些。」倪匡老實不客氣伸手召女侍，送上大瓶藍帶白蘭地。倪匡不耐假他人手，一把搶過，自己開，往酒杯注了大半杯，一口氣喝了三分一，舐舐唇角：「好酒好酒，法國白蘭地就是好！」「倪先生要是喜歡，就盡情喝，可無論如何稿子得給我一篇哦！」一聽要寫稿，淨白的臉皮揪動了一下，正兒八經地說：「我嘅稿費好高㗎噃！」媽的，三個上海人，說甚麼廣東話？你嘅廣東話又唔係好過人！

此時，陸陸續續來了不少女作家：有李默、亦舒、柴娃娃、杜良媞、柴娃娃、陳方、小不點……各自舉杯暢飲，一室皆春。衆女作家，你一言，我一語，東家長、西家短，嘈天翻。方枘圓鑿，亦舒素愛跟哥哥拌嘴：「阿哥，你啲稿費點高法？」「總之比你高！」倪匡向我眨了眨眼。如何高法？

倪匡往下說「一個字一個字算，一個字一元！」這還得了？一千字次豈不是一千？」當年這是驚人的稿費，港、台第一。

這還不說，請聽倪匡的後續，教你更震驚：「這不過是今天上午的價錢，現在晚上加了，一千字，Two Thousand。」人人聽得到呆住了，即便一向善講稿費的亦舒，也不禁輕輕吁了口氣：「這不可能啊，這麼高的稿費，誰會付？」

何大姐泰山崩於前而色不變，輕輕回說：「說眞的，這不算高，倪先生的文章誇啦啦，物有所值！」倪匡見計得售，喜上眉梢，可接下來的那番話，直令他大大的不爽。何大姐神閒氣定的往下說：「只是——只是我們《星辰》版實在付不起——咳咳咳！」

好個倪匡，聽了，點兒憤怒之色都沒有，輕輕說：「那就拉倒！」倪匡舉起酒杯，一飲而盡。「哈哈哈」三聲笑：「只不過呀！何大姐，我倪匡這個人，做人一向有個規矩，不佔人便宜，喝了這麼好的酒，吃進這麼

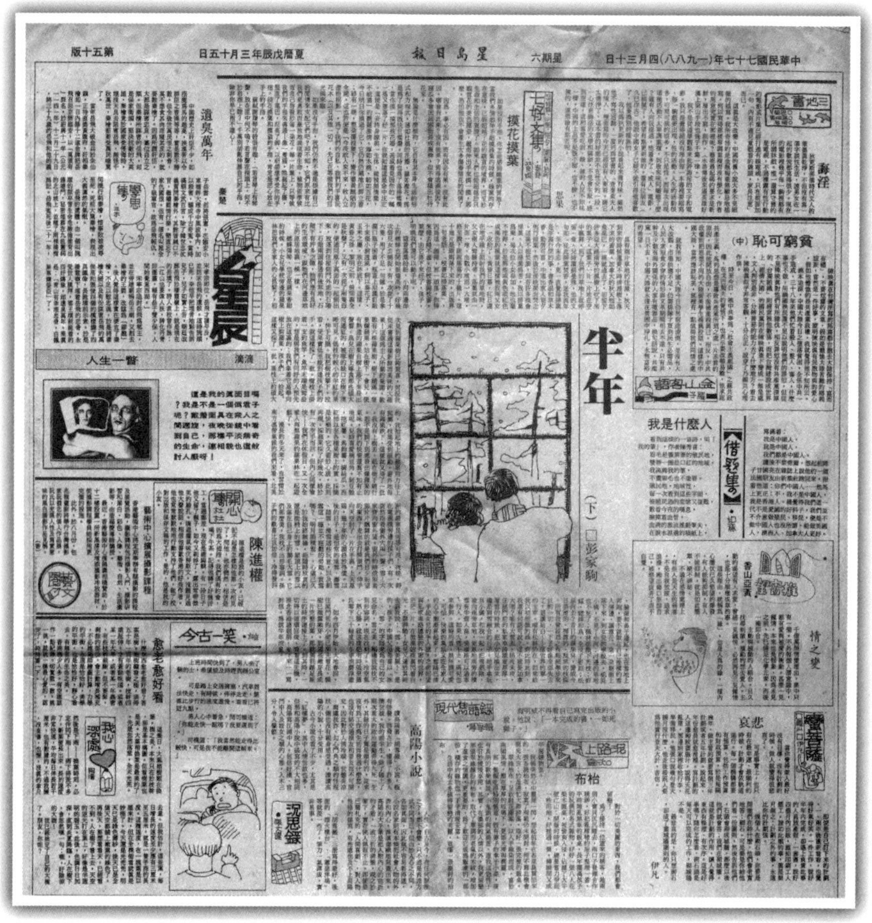

中華民國七十七年（一九八八）四月三十日 星期六 星島日報 夏曆戊辰年三月十五日 第十五版

半年（下）□彭家駒

貧窮可恥（中）

我是什麼人

情之變

悲哀

遺臭萬年

醫一生人

陳進權

愈老愈好看

今古一笑

高陽小說

《星島日報星辰版》一九八八年四月三十日刊（「香港文藝剪貼簿」博客圖片）

美味的小菜，總得有點回報呀！何大姐，你說對不對？」何錦玲笑如春日風，不住點頭：「這樣吧，我送你一篇八百字吧，明天下午你找人上我家拿！」「太好了，太好了！」何大姐喜不自勝，臉上泛紅，倒上一杯酒，站起來，向着倪匡敬：「謝謝儂，倪先生。」衆女作家紛紛舉杯，柴娃娃一飲而盡，陳方淺嚐輒止，房內，喜氣洋溢，有美相伴，咱倪匡哼着「再來一杯，再來一杯，再來一杯，葡萄美酒……」（倪匡自創歌詞）。

高手過招，小葉眼界大開，心領神會，只是仿不到，到現在，還是沒膽子跟老總們談稿費，一直受屈至今。（倪大哥呀，倪大哥，小葉端的不爭氣！）中夜，席散，隔日起，我就開始爲《星辰》版寫稿。迄今仍有人人記得的《梅櫻集》，有個時期便在《星辰》版上排日刊載。何大姐知我喜歡寫短篇小說，就讓我寫了一段時期。我仿照郁達夫，寫了《離散》一系列，風格近似《沉淪》的短篇小說，達夫先生沉淪了，風雨雞鳴夜五更，浮雲聚散總關情。結果丟掉性命；沈先生也沉淪了，酒闌人間惶青燈，聚意筆端凝紙上，僥倖還活着。

今夜，月孤氣肅，雷聲隆隆，友人發電給我「八月十日蘇州何錦玲女史仙逝　得年九十二」寥寥數語，重錘撞胸，痛楚歷久不能已，欲哭卻無淚。

倪匡曾進軍內地？

是哪一年，哪一日？風不和，日不麗，寒意濃，半身抖。我坐在倪匡半山書房，二百餘呎，平常人家，已屬了不起，哼，比起金庸，大有不如。倪匡聽得我話裏帶刺，大不以爲然，按例三聲笑：「唷唷，他是查大俠，我是倪小郎，天跟地比！」

我聽了，滿腹辛酸，小葉寫稿的地方，是睡房南面靠牆的一張小木桌，桌上一個小煙缸，擱着一根黑煙斗，缸側擺上兩、三支廉價原子筆，抽屜裏埋有一疊從小書店買來的五百格原稿紙，然後每天、一個一個字地爬，藉此換幾文錢，討妻女一笑。哪比得倪匡大哥，伏案時、窗外，鳥語花香，山光景秀，窗內音樂悠揚，煙香裊裊，好比人間勝境。彼振筆是樂，俺爬格是苦，天堂與地獄！

「來來來，小葉，別想那麼多，喝酒！哈哈哈！」倪匡舉杯喝着獨創冰鎮伏特加，笑聲爽朗豪邁透，我則氣若遊絲弱，點兒底氣都沒有，喲，人比人，比死人！

那天找倪匡，頂着熱氣跑上寶馬山，的確有些事兒。朋友想在內地出版衛斯理全集，欲取倪老哥的許可，這有何難？倪匡綽號「貪財烏龜」，有錢賺，管你港幣、人民幣、美金、英鎊、盧布……只要不違原則，大小通吃。側着頭，聽我深情細訴，臉上露出嘉許的微笑（哈哈，凡心動了！）。

「小葉，這可是大生意呵！」頓了一下：「只不過內地一向對我這個人有些少成見（亂講，不是少許，而是大大的多！）。」

我那位朋友，身份特殊，我有信心，轉告倪匡，又是三聲笑，不置可否。

「管他的，大哥，首先，你同不同意？同意，這就辦去！」

倪匡低着頭，沉思有頃，道：「好吧，試試無妨！」

聽了，大喜，市場大，分成大可買房。那時，杏花邨五百呎，不過六十萬，

倪匡《皮靴集》，銀河出版社，一九八七年出版。

首期十萬，二十年分期，小葉變業主。倪匡一向聲明「不回內地」，這我曉得，他老爺子，十八人大橋也抬他不起。我只要大哥親筆手書一封同意書便可，這不難，教我小坐，舒舒暢暢呷俄國伏特加，自己坐回書桌上，落筆有蠶聲，須臾，交我一紙，筆走龍蛇，字體端正清楚，有別日常，上款寫着「茲委託沈西城先生（葉關琦）爲本人倪匡（倪聰）全權代理中國內地版權。」文末標明年、月、日，署名，鈐印，送到我手上：「你看看，這可行？」行行行，有大哥署名，甚麼都行。倪匡賊嘻嘻笑了笑，坐回沙發上，喝他的伏特加。我邊喝，邊在作我的春秋發財大夢。

後事如何？怕不用我多說了吧！朋友走盡天涯路，功敗垂成。原來內地出版，必先審查作者作品的內容，繼而是調查其人背景。倪大哥背景嘛，烏墨勒墨，先是逃兵一名，復又長期在反動報紙《明報》書寫《皮靴集》，批判中國共產黨，這樣的身份，呵呵呵，有啥可能在內地出版小說？發財夢醒矣！或許你會不服氣，問緣何反動報紙頭腦金庸的小說又能全國通行？閣下不明白？我來告訴你，查老闆有鄧主任支持，自然條條大路通羅馬，倪匡本有查大俠眷顧，許社長從旁鼓動，披荊斬棘或可成，只是他老哥牛脾氣，甚麼條件都不重要，堅持要「反共作家」銜頭，那就唯有告吹矣。

「哈哈哈，小葉，我一早就知道不行，可小葉滿腔熱血，只好應酬一下，別生氣別生氣，一會倪匡請你到杜老誌跳舞、喝酒，如何？」於是夜幕低垂之際，勾肩搭背，走進銷金窩。半夕歡樂，甚麼挖塞盡皆雲散煙消。由是倪匡小說從未正式在內地正式登陸過。最近有個小瘪犢子，大言炎炎，舉倪匡作品曾登陸內地，並展示兩大套衛斯理作品書影以斥我之杜撰。俺一看出版社名號，竟然是延邊出版社和上海出版社，笑得幾乎隔夜飯也要嘔出來。天哪，那是翻版呀（內地稱盜版）。確是出版了，可那不是正版，西城不才，也有不少作品給盜版，出版者《甘肅人民出版社》，名稱完全一樣，只是人家十七號，它就挨邊十九號，冒得眞確，眞的變假，假的變眞。小瘪犢子教我去告，往那兒告去？（有了WHO，盜版絕跡。）《明報》老朋友吳志標告訴我，的而且確曾經試過在內地出版衛斯理，不一陣子就要下架，非關銷路事，而是意識形態有誤，到目前爲止，香港作家能作全國出版者，僅查大俠、張小嫻、李碧華、亦舒等寥寥數人。若干年後，跟台灣新識共樽前，說起倪匡內地出版一事，滿懷高興說擁有倪匡親筆授權書，見我有懷疑之色，卽從內袋掏出一紙，遞與我看。一看，哇噻！竟跟我那張大致雷同。身旁的《遠景出版社》社長沈登恩微微一笑：「朋友，我也有一張哪！」摸出一紙，放在檯上，那三張紙的內容，完全一模一樣。根據包打聽回報，相同授權書在外，不下十數紙哩！倪老大一醉酒就簽，東簽西簽，到底簽了多少張，到頭來，自己也搞不清楚。哎呀，好個老頑童倪老匡，你眞的棒，棒棒棒！

我所知道的楊貫一

中年男人滿口中山鄉音，笑盈盈瞧着我：「阿弟，又上來找阿康呀？」時維六七年夏天，放着暑假的我，擦了擦額頭上的汗：「係咯，一哥你好歪？」我答以不純正的中山話。面前那個四十來歲的男人，是我堂哥的同事楊貫一，當年爲中環告羅士打酒家營業部經理，堂哥低一級，是貴賓房高級侍應，兩人乃莫逆之交。「阿弟（當年告羅士打堂兄的同事都叫我阿弟）等一下是不是同小開（公子哥兒）阿康去蓬拆拆呀？」雙手握拳抬起，作出喳喳（Cha Cha）舞姿。「哈哈，我又頑皮了！」我伸伸舌頭。「怎麼會，跳舞是正當娛樂，最緊要自己開心。下次我叫阿康帶我一起去！」「一哥，不要信口開河！」這回挨到他伸舌頭了。

營業部經理的職責就是寫菜單，三百一席，價廉物美，吃得過癮。過千

楊貫一
1932–2023

元者，鮑參翅肚夠矜貴，份量要均衡，在在都是學問，一哥經驗老到，無不初寫黃庭，恰到好處，包君滿意。寫菜單，說來輕易，實則難矣哉。一要教客人吃得物有所值，其次那手毛筆字，尤其重要，客人看到筆走龍蛇，賞心悅目樂開花，歪歪斜斜心生厭。一哥嘛，毛筆字誇啦啦，氣吞牛斗，蒼勁有力，有客問：「一哥，你學過書法？」「艾地（我們）哪裏有書讀呀，識幾個字，好了不起了！」十六、七歲，隻身來港，歷盡辛酸，當上一個營業部經理，箇中甜酸苦辣嘗遍。在告羅士打期間，龍遊淺水，重重壓迫，英雄落淚，哪有用武之地。頂頭上司黎志英不知怎地，總看一哥不順眼，縱然百般遷就，那人就是一張打不濕、擰不乾的油蔴布（難弄）。後來打壓趨烈，黑面神黎志英竟然聯同小東處處爲難一哥，幸有大老闆歐林一袒護，否則早已捲鋪蓋滾回中山，一哥重情，毋負老闆，忍忍忍，打落牙齒和血吞。

人道「是金子總會發光」，皇天不負有心人，有一個常來告羅士打姓傅的茶客，跟一哥很談得來，某日試探地問：「一哥，願不願意出來闖一闖？」一萬個「願意」，於是不久在酒家林立的駱克道上，多了一爿叫「敍香園」的粵式酒家，毗鄰老牌名店「鑽石」，鑽石鑽石亮晶晶，鑽石光輝底下，焉有你「敍香園」發光的餘地？任憑一哥十八般武器耍弄出來，仍無起色。（我這可如何對得起傅老闆呀！）得恩未報，惶惶不可終日。某日，有鄉人來訪，談及粵菜當以鮑、參、翅、肚最爲賺錢，那時，四樣食材中，尤以參、翅最討好，鮑魚反被冷落了。心念電轉，以「敍香園」的實力，當不足以跟「鑽石」酒家等名店比拼恆常美食（蒸魚、炸子雞等），這倒不如挑鮑魚一試，或可殺出重圍。

若干年後，我出任《花花公子》中文版主編，籌辦名人特輯，第一個便想起一哥，偕同饞嘴貓漫畫家馬龍往訪成了大名的一哥。一哥白頭宮女話玄宗，熱淚兩行：「阿弟，那時我眞是苦過梁天來，慘過金葉菊，無人資助我，艾地（我）自己掏腰包買鮑魚來試，一次、兩次、三次都不成功。後來方知忽略了醬汁，於是又着手研製醬汁，一趟、兩趟、三趟以至四、五趟，家財散盡，幾乎露宿街頭。老婆沒責備我，我咬住牙根一路烹製鮑魚，總算有了些少成績。」

八五年，出現了生平第一個貴人梁玳寧，香港有名的美食專家，人稱「代拎」，豪氣爽朗，有鬚眉風，有意拖一哥一把，邀請他往星加坡參加美食節，條件是機票、鮑魚自備。機會難逢，放膽一試，一試試出彩虹，名震獅城。翌年，應邀赴北京爲鄧小平烹製鮑魚，鄧吃後，笑道：「因爲有開放政策，才有這麼好的鮑魚吃。」如此一來，揚名全國，以至歐美。在訪問中，一哥

楊貫一與徒弟劉哲宇研發即食鮑魚產品，
二零零七年創立「阿一」，發售「阿一鮑魚」。

感慨系之：「阿弟，告訴你，如果星加坡一行失敗，那我就要破產，破產事小，還連累家人，情何以堪！」

第二個貴人，便是資深傳媒人王亭之，成名後，宣傳方面得力自王亭之，「富臨」店內有一橫匾，上題：「一哥鮑魚天下第一」，即出自亭老之手，隸書蒼勁有力，略帶豪邁，於是人人都稱「一哥鮑」而不名。十年前，「富臨」曾遭禍劫，舊址大幅度加租，被迫他遷後街信和廣場，金漆招牌，生意無損。

「富臨」亦易主，現任老闆邱姓與黃姓，一哥只是股東。

一哥念舊，我同堂兄每詣「富臨」，都成白食郎，吃得滿檯菜餚，其中最精緻者，莫如蒸煎石斑（先蒸後煎，天下美味）、一哥炒飯。我兩兄弟，面皮薄，遂不敢多去。成名後，徒弟眾多，李文基、林永春、朱潔儀、麥廣帆、常勝、黃隆滔……一大堆，誰是首徒？知者不多，我說與你聽吧，便是胡德明，英俊瀟灑，甚有客緣，出身自告羅士打點心部，跟隨一哥多年，可惜英年早逝。疫症期間，在「富臨」晚飯時，巧遇一哥，精神頹靡，步伐蹣跚，已難辨人。今遽爾去世，阿弟難掩悲愴。唉，不欲想了，再想，惹愁長。

張英才憨厚一生

粵語電影圈有四大憨厚小生，張活游、張英才、周聰，江漢，一脈相承，看到他們，等同遇到好人。雖稱憨厚，程度有異，其中江漢的蹩腳粵語，逗趣可笑，憨厚氣稍減；張活游號稱中聯四大小生，論演技，平平無奇，難跟吳楚帆、張瑛、張清等相較，只是相貌樸實，演好人不作他人之想，因而得享盛名。七十年代初，跟吳二哥相値於油麻地敦煌酒樓，稚子無知，竟然說張活遊演技變化少，不夠立體。吳二哥即斥我道「細路，你識乜，好人難做呀！壞人好易演，瞪眉蹙眼，大大聲咪得囉！」那是說張活游演技好，稚子噤聲。粵語電影，尤其是中聯出品，熱善良的好人最爲觀衆捧場，張活遂成影帝。說眞的憨厚戇直，光藝周聰當之無愧，無論電影、電視劇，表情十年如一日。

張英才人稱「肥才」，五零年出道，先隸《永茂》電影公司，後轉投《邵氏》粵語組，爲周詩祿得意門生，與另一小生、飛仔麥基齊名。張英才在四大憨厚小生中，顏値第一，高度也是第一，忠直敦厚，正派小生首選，難演反派，在影圈裏面，素有粵語關山之稱。關生者，大美人關之琳之父，善眉佛相，是其表面，內心花弗至甚，情人無數，氣得髮妻、《長城》大美人張冰茜險險咯血。張英才不同矣，表裏如一，罕有緋聞，僅在《邵氏》時期，跟當家花旦林鳳傳過一段情。

林鳳，粵語影圈大美人，冰肌雪膚，燦若雲荼，裙下追逐者衆，兩人合作多，情愫生，並不出奇，只是好花無結枳，林鳳終婚嫁譚永成，卻是一個標準花花公子，浪跡歡場，夜夜笙歌。林鳳婚姻不如意，年華又漸老去，空閨寂寂，對鏡撫臉，皺紋疊現，兩鬢華髮生，拔之明又現。唉，天不憐我，莫奈其何！天亮，檀郎猶未歸，長候終無期，算了……把心一橫，自殺了痛楚。薄命紅顏，魂歸天國。

張英才在七十年代開始，投身TVB，至二零零三年退休，工作三十多年，可謂老臣子，見證了TVB最輝煌的年代。我七九年入台，常在canteen遇到張英才，只是點頭招呼。不同於諧趣鬼馬的波叔、幽默樂觀的修哥，湖南才哥沉默寡言，內斂自持，好友不多。演技嘛，中規中矩，偏是音質一流，配音大王丁羽叔常說「才仔配音超一流，演戲平平穩穩。」一生拍戲無數，六五、六六年間，兩年拍戲逾二十部，以一部一萬計，進帳二十萬，當年樓價二、三萬一層，扣除生活開支，投資物業，可得樓房三、四層，晚年生活自有保障。可聽前輩說，張英才晚年棲居東涌，生活清淡安逸，並不富貴。

《遙遠的路》（一九六七年）劇照，左起：吳君麗、車綺芬、張英才。

《大丈夫日記》劇照（一九六四年），左起：張英才、丁瑩。

多年前，在上環龍記餐廳，跟好友電影《少林寺》編劇薛后談天說地，論影事，偶及張英才，薛后說肥才有個幾段情史，其中兩段頗堪一誌。張英才其中一女爲歡場名花，濃如玫瑰，纖似楊柳，兩人花前月下，衷情互訴，共結秦晉。某日，張英才出外景，半途下雷雨，被迫中止拍攝。偷得浮生半日閑，逍遙駕車回家休憩，開啓家門，眼前春光蕩漾，嬌妻竟與好友，另一電影小生纏綿床榻，張英才撞破好事，氣得全身發抖，掉頭便走。從此跟那小生，少有交集。

另一段跟車綺芬的婚姻最爲人知，亦最多人談及。兩人結情於拍攝《遙遠的路》（台灣郭良蕙原著。郭女士爲台灣文壇大美人，蕙質蘭心，清麗脫俗。我跟她有一面之緣，八十年代初，在油麻地富都酒店訪問她，其時美人已轉行古董鑑賞，精研相學，不彈談文學之調耳。《遙遠的路》是一九六七年堅成影片公司製作的彩色電影，關志堅編導。張英才、吳君麗、杜平、鄧碧雲，林鳳合演，外景場地遍及星、馬、台灣一帶，是當年的大製作。）張英才是電影的男主角，車綺芬（方玲）則是排名最後的閒角，風馬牛不相及，俊朗的才哥偏偏相中這個名不經傳、美麗的小女郎。相親相愛，六四年踏入婚姻殿堂，好景不常，六九年因性格不合而仳離。車綺芬遠赴美國，經營有術，成了富婆。七四年誕下一女車婉婉。

坊間傳言車婉婉乃張英才之女，是耶？非耶？我松本清張上身，推理一番，首先不妨看看資料：六九年，張、車二人離婚，其後車綺芬往美，張英才入ＴＶＢ，種種跡象顯示，兩人已無往來。再看，車婉婉生於七四年，肖虎，何能爲肖狗的張英才之女？簡單推理即解惑，何以有人還孜孜不倦地硬說車婉婉乃張英才之女，眞教人費解。張英才生於三四年，卒於二零二三年六月十四日，享年八十八，笑喪矣！祝願《工廠少爺》才哥安息！而彼之怨偶車綺芬後亦以經營失當，官非纏身，二零零七年因病去世。一對今世夫妻，來生可會瑤池再相逢？

孟海捨棄了痛苦

七月晌午，熱風拂窗，車廂裏，空調正涼，我問隔壁坐着的吳思遠：「誰的電話？」臉色稍沉，有憂慮色：「孟海！」「孟海？小海？那個武術指導？」電話裏頭正是孟海。「怎麼？你認識他？」吳有點兒錯愕。「何止認識，我們是很好的朋友哩，他還好嗎？」不見起碼廿多年了。「不好。」吳嗓音低沉：「他得了癌症，食道癌。」

一聽，五雷轟頂，整個人墮入了冰窖。車在動，心也在動。我的妻子阿燕就是給這個惡魔奪去寶貴的性命，紅顏白骨成灰，長埋莽莽山巔，打發病到去世，僅五月餘。這病發作時，病人全身顫抖，額頭滲汗，吐氣困難，惟尚可得歇。移時，病情趨重，需攙扶下床，雙腳蹬地，拼盡全力，方能略抖一口氣，病中，呼吸端不容易。我倆小夫妻跟大病魔拼死搏鬥，累得

滿頭大汗。後來，實在鬥不下去了，從醫生勸喻，用氧氣。一罐一罐地搬到家裏，由一日一罐、到一罐半、兩罐……方能稍遏阿燕的痛苦。去世前一個月，情況更惡劣，氧氣差點兒不管用了，有啥好辦法？只好求天主、釋迦牟尼、觀音大使、阿拉……總之，能想到的神靈都求去了，求祂們賜予我妻稍稍的舒適。

認識孟海於八七年底，《龍虎風雲》賣座，我這個小巴勒子叨了光，不少電影公司都找我寫劇本，首先是影壇伯樂李修賢，他的萬能電影公司糾纏了我大半年，終於拍成電影《赤膽情》，後來陸陸續續又有不少電影編導找我，其中一個便是孟海。那時孟海隸屬洪金寶麾下，依附擅演奸角的午馬。第一次見面在尖沙咀太平館，午馬想要拍一部動作片，女主角正是紅得發紫的美籍女星羅芙洛。這妞不得了，身擁世界七個空手道黑帶銜頭，一部《皇家師姐》跟後來奧斯卡影后楊紫瓊合作，迅即山雞變鳳凰，成爲炙手可熱的武俠皇后。三毛何等機靈，決意力捧，統籌之職落在午馬頭上。午馬寵小海，有意提攜，讓他當導演。孟海開心死，不知聽哪個混蛋說「寫警匪片最好找沈西城」，於是立刻動員製片來找我，太平館一杯咖啡，一塊公司三文治，我就投誠了孟海、午馬，當個小編劇。（眞cheap）午馬當場說出了一個構思，情節還可以，「你加些兒鹽，添少許醋，豐富豐富！」午馬呵呵笑。

那時候，我燈紅酒綠，着着需要錢，有錢上門，管你午馬、三毛，接下來算，了無後悔。三四日後，寫成大綱，奔上孟海漆咸道家開會。開門的，竟然是紅鬚綠眼、身形均勻、赳赳雌風的羅芙洛。咦？羅芙洛是來一同談劇本？一想，不對勁哪，羅芙洛不懂國語，孟海不諳英語，我的英語平平無奇，午馬嘛，韓僑千金玉環（中韓混血兒女友王玉環）姐姐的口水吃得多，韓語勉可應付，英文大抵僅限於「how do you do」，「I am fine」。言語難通，如何談劇本？

滿腹狐疑。羅芙洛倒了杯咖啡給我，向我笑了笑，就退進房間裏去。我望了孟海一眼，見他賊頭狗腦地在笑，呵哈哈，心領神會：有貓膩！明問不會說，要施小計，有意逗他：「小海，你……你跟她……」手朝房門一指。小海傻笑不語。「好呀，不說也行，我腦筋不靈光了，寫不出劇本，別怪我！」「馬……馬叔——」以為午馬會幫腔，豈料扮個鬼臉：「小海，說出來無妨呀，反正馬叔也想聽聽！」雙掌合併，孟海無還擊之力，乖乖從命，忸忸怩怩地說：「怕了你們兩位大哥喇，她……她是……是我同居女友！」

「好小子，真有種！」我拍起手來。「小海，你真行，為港人爭光！」

得悉孟海離世，羅芙洛於Facebook貼上二人合照懷念舊情。

午馬豎起大拇指：「米飯不吃了，改吃牛扒，哈哈哈！」孟海把眼睛擠成一條縫：「馬叔呀！你也不賴呀！吃了上佳高麗參！」說完，伸出舌頭舐了舐嘴角，順便擠了擠眼睛，氣得午馬掄拳要揍。孟海連忙立正敬禮，我笑刺肚皮。我好奇，我多管閒事，很想知道兩人如何溝通？「沈西城，枉你活到這把年紀，怎麼這麼愚鈍？」我一愕，望着扮着鬼臉、得意洋洋的孟海。「有些事情嘛，不需要說出來，無聲勝有聲。國際語言，OK喇！」「對對對，小海上床，動作片；下床，文藝片！」午馬格格笑了起來。

劇本寫了兩稿，暫名《女記者》。後來不知怎的，孟海再也沒找我。原來已換了編劇，是我朋友沈治樑接的手，易名《師姐大曬》，孟海依然做他的導演，只是賣座並不太理想。我沒介懷，這在電影圈裏面，司空見慣。劇本人說不濟，不打緊，鈔票早已落了袋口裏，洪金寶還是頂講究的。

後來，羅芙洛、孟海分開了，事後孔明，我早就看他們不會走到最後，兩人嘛，外型、學識，距離太遠，不匹對！若干年後，孟海自揭謎團：「她要我結婚，嘿，那時候我才廿六歲，怎肯結婚呢！於是她就離開了我，我們和平分手。」（喲！我也有看錯的時候！）美國女人直性子，中國男人花花腸子，哪願爲了一棵樹放棄整座森林！勞燕分飛，再見也是朋友，到底人海茫茫，相遇是緣份。

話說回來，孟海的食道癌是極兇殘的癌症，病人痛苦不堪，故去是一種解脫。昨夜路過金馬倫道，仙宮樓已易址，三十多年前的某個晚上，午馬、孟海跟我相聚於此，吃毛肚皮火鍋，那沾過辣湯的油條誠天下美味，勝鮑魚、賽魚翅，而價僅爲其百分之一耳。三人行，今只剩獨個兒，馬叔，小海！年輕時的戀愛眞甜！只是偶會有少少的辣！

記兩位逝去的朋友

平生交友，起碼有數百，撇除往來少的不提，當逾百人。當中多有可記之事，教我感觸低迴。七十年代初，我賃居太古城一個斗室，三人家庭，我、髮妻、女兒。女兒尚在襁褓，整天哭個不休，吵得我心緒不靈，無法寫稿。時近歲暮，苦雨淒風愁煞人，過兩天便是新年，家中盤飧不繼，大人還可餓肚子，女兒可要吃奶奶，餓不得，咋辦？向人告貸吧？面皮薄，說不出口，左思右想，想起了王志堅（王老闆），紹興人，魯迅同鄉，重義疏財，在鰂魚涌芬尼道口，開了一家排字房，曰「志豪」，三、兩個工人，養活一家。於是打電話約他見面，在字房附近的咖啡室喝咖啡。聊了一會，頻頻看錶，臉上顯現出焦急的神情，大概有事在身吧？再不開口，良機便失。可又不敢說出來。王老闆何等機靈，見我吞吞吐吐，心中明白：「小葉，有啥事，不妨直說。」我靦腆地說了。王老闆一聽，臉色刷的變色：「眞不巧，這幾天我也在別頭寸（找錢）！」一聽，心登時往下沉，最後的希望泡湯了，訥訥地道：「那就當我沒說過吧！」王老闆握住我的手，沉吟了一會，說道：「這樣吧，後天十二點半，筲箕灣警署門口等，好不？」不待我答應，匆忙結帳離開咖啡室。

回到家，忐忑不安，心中吊桶七上八落，萬一王老闆不來，如何是好？髮妻見我臉色不太好，也不敢多問。到了後天，十二點半還缺十五分，我已跑到筲箕灣警署門前佇候大駕。時間一分一秒地過去，馬路上，車來人往，卻不見我的王老闆蹤影。看錶，十二點半了，再不來，只好回家。正在這時候，王老闆拖着胖胖的身軀奔了過來，一邊喘氣，一邊說：「對……對不起，我……遲到了！」從褲袋裏，掏出兩張五百元鈔票，塞進我手，輕聲說：「小葉，你先用着，捱過年關再說。」那天之後，我再沒有見過王老闆，當然我也不曾還過錢。許多年後他的女婿甄君告訴我，王老闆因病，故去了。

有個做生意的老朋友，聚在一起，吃喝玩樂，都是他付鈔。每上夜總會，鈔票一大疊塞向媽媽生和小姐，豪氣干雲。有一回，咱仨同座喝酒，窮朋友有難，向有錢朋友告貸，滿以爲大抵不會推搪。有錢朋友眼珠一彈：「哎唷，好朋友最好不要講到錢，不然，友誼就會大打折扣。」借錢的朋友瞠目結舌：「你……你、你意思是借了錢就連朋友都沒有得做？我是那樣的人嗎？」空氣立時凝了冰，有錢朋友抿着嘴，默不作聲。借錢朋友無奈，轉身離座，我追上去，把剛從報館拿到的稿費勻出一半，塞到他手上：「你先拿去用！」借錢的朋友千恩萬謝：「我將來一定還給你。」三年後，他發了大財，道左相逢，對望一眼，別轉屁股避了開去。

可朋友中，也有講究義氣的漢子，一言九鼎，這便是李漫山，我管他叫山哥。在玉郎機構我倆做過同事，他編《獵奇書》，我主編《翡翠》週刊，隔兩行而坐，不算太相熟。一回下班，我跟他坐巴士往九龍喝酒。在車廂中，對我說：「沈西城，明天會是我最後一天在玉郎機構了，我去投靠《姊妹》

的張老闆。」我恭喜他。山哥道：「你做得不開心，便來找我。」後來，我在玉郎發生了些事，沒了工作，想起山哥的話，便跑上總統大廈找他。那時他是《情報》週刊的總編輯，一人之下，萬人之上。二話不說，給我安排了一個副總編輯的職位，讓我渡過難關。我感激涕零，山哥說：「大恩不言謝，只要你有時間陪我喝兩杯，我就很高興了！」

山哥對人好，做事可不行，公私不分，爲了歡場一位紅小姐，所有的錢都送了出去。結果伊人遠去，三哥因穿抽屜，丟了職，我也離開《情報》，轉職《天天文化》。

某日，同事黃永盛跑來告我山哥給人揍一頓，頭破血流，入了醫院。問情由，原來欠人錢還不出，對方就派人上門教訓他。我聽了萬分難過。過了一個星期，稍空，跑去他住的地方看望。那是一棟殘舊不堪的唐樓，我摸着樓梯走上四樓，在一個黑黝黝、帶點黴味的單位裏看到他，面積不到二百呎，一床，一桌，床上攤滿衣物。山哥倚桌而坐，桌上放了一瓶廉價米酒和一包萬里望花生。一口酒、一顆花生，便是一頓飯。「沈……沈西城，謝……謝謝你來探我。」他的眼白發黃，聲音顫動，中氣不足，抓住我的手：「我活不下去了。」我看着他，他也看着我，彼此無言。轉頭走的時候，偷偷將兩千元放入木桌的抽屜裏，這是我最後一趟見到山哥。後來聽說已經回老家，因肺氣腫而去世，得年五十餘。跑來找我的黃永盛，不久也患上癌症去了。當年《情報》週刊的好同事，大多永別塵世，在世的，也難相見。

追憶與李怡的交往

七十年代末，我的生活很困頓，盤飧不繼，幾乎連累妻子女兒也捱餓。電視台的工資交了房貸，所餘無幾，得倚寫散稿維生，名氣不彰，地盤殊少，稿費又低，東拼西湊，不夠餬口，惟賴內子嫁妝抵押，支付生活所需。可一家三口，樂也融融，了無齟語。好友王學文辦了一家大道出版社，大道之行，天下爲公，選賢與能……視我爲賢能，給與助力，出版我幾本小書，不爭氣得很，銷路平平。

一夕，他介紹了一位朋友曰劉奕生的跟我相識，劉兄乃是天地圖書的發行經理，聽得我的困境，萬般同情，提議翻譯日本小說，交由天地出版。原來晏洲先生翻譯的松本清張名作《點與線》非常暢銷，食髓知味，劉奕生說翻一本松本清張的推理小說，不會賠本。我狐疑地問：「我行嗎？」

劉奕生回答：「你不是翻譯過《霧之旗》嗎？港、台都賣得不錯！」王學文從旁幫腔：「沈大哥，試試吧！阿劉，你能拿主意嗎？」劉奕生搖搖頭：「我只管發行，用稿權在於李怡！不過——」頓了頓，蠱惑地一笑：「我可以提提意見！」看神情，似乎成竹在胸。王學文乘勢說：「那一切拜託你了，我們等聽好消息！」我忙站起，躬身致謝。劉奕生穩當：「不要太客氣，成功了才再說！」

一週後，消息傳來：李怡同意並謂最好翻譯兩本，稿費從優。天旱逢甘霖，我喜出望外，馬上跑到九龍金巴利道的智源書局，從放置日本推理小說木架上，左挑右揀，選定

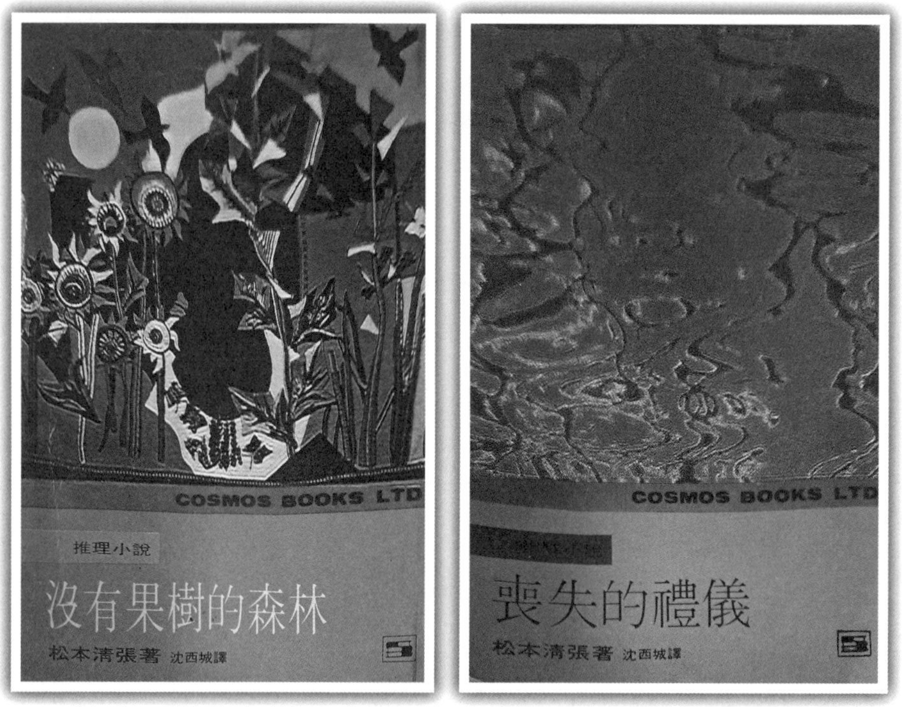

《沒有果樹的森林》和《喪失的禮儀》兩本書都由天地出版。

兩本松本作品：《喪失的禮儀》和《沒有果樹的森林》。電告劉奕生，他說：「OK，我立即通知李怡！」隔一天，給我電話，傳李怡言：想我寫一小段關於兩本書的簡介。這易辦，日本書封底都有內容介紹文字，我就搬字過紙，呈了上去。其時李怡是《七十年代》的總編輯，這是一本綜合形式的月刊，側重政治、文化、社會現象的報道，立場傾左，在香港同類雜誌中，地位僅次於《明報月刊》，我一向爲《明月》供稿，卻從未曾替《七十年代》做過文章，至今仍不明緣何如此？

我寫了交去天地門市部。很快得劉奕生回覆：「李怡同意小說內容，請立即着手翻譯。」我花上一個半月時間，把兩本小說譯畢，交付劉奕生。又一個星期，劉奕生找我說：「李怡想跟你見見面。」於是相約在修頓球場對面的波士頓餐廳閣樓，我們三個人，三杯咖啡、一碟西多士（French toast）、兩片薄牛扒，邊吃邊談。李怡神清氣爽，風流倜儻，一派文士風。我第一眼看到他，便噢地嚷起來，把李怡嚇個半死，原來李怡跟他父親李化長得一模一樣，像是從同一個模子倒出來似的，看到他，就彷彿看到已逝去的李化，如何不驚？

七十年代初，恩師鍾伯偕我在灣仔龍門閣樓飲茶，座中有一中年漢子，英俊瀟洒，鍾伯介紹，說是大導演李化，化叔是粵語電影十大導演之一，峨嵋電影公司的老闆，這家電影公司以拍武俠電影名聞影圈，更是第一家將金庸、梁羽生的小說搬上銀幕。李化堪稱電影多面手，能編、能導、能製，拍了不少金庸、梁羽生原作改編的電影，計有《射鵰英雄傳》一、二集、《神鵰俠侶》一、二、三、四集、《雪山飛狐》上、下集、《碧血劍》上、下集、《書劍恩仇錄》上、下集、《鴛鴦刀》上、下集、《白髮魔女傳》一、二、三集、《江湖三女俠》上、下集、《七劍下天山》……當年皆是膾炙人口的賣座電影。

我年少無知，直問化叔對梁羽生與金庸小說的看法。化叔想了想，道：「講故事情節，自然是金庸優勝，說到詩詞歌賦，老查就不如梁老了！」

我年少嗓門大：「看小說，講情節喲，誰理會詩詞歌賦這玩意兒！」一旁的鍾伯嚇一跳，白我一眼，想加阻止，已來不及了。李化呵呵笑，說：「老鍾，可別怪他，葉仔說得對，小說最重情節，詩詞歌賦只是枝葉，『戥場』（陪襯、搭配）罷了！」拍拍我的肩膊：「在化叔面前要說眞話啊！」

鏡頭回到波士頓餐廳，李怡喝了口咖啡，告我書已在排版，一個月後便可出版。（第一流的天地出版社也會出版小作呀！）我心花怒放。李怡又說：「沈先生，你的譯筆不錯，希望能多多合作！」匆匆別過。年關在即，賢妻苦着臉，巧婦難爲無米炊唷！愚夫自得想辦法。求助於劉奕生，能否先付一本譯稿的稿費？阿劉答應跟李怡磋商一下。

過了幾天，劉奕生約我到波士頓閣樓，李怡早已在座，點了飲品後，從西裝內袋，取出一個白信封：「沈先生，這是兩本書的稿費，你點一點！」（沒聽錯吧，兩本書的稿費！）我伸出微微顫抖的手，接過厚厚的白信封：「謝謝，謝謝你，不用點了！」李怡淡淡一笑：「不謝，這是你應得的！」那淺淺的笑容，四十四年後的今天，我仍未忘記，怕是永遠忘不了！

算無遺策話簡師

和風日麗，偕簡師等諸友茗於灣仔益新菜館，每詣，必先走至店角，瞻仰亡父牆上遺照。我父爲益新創辦人之一，當年夥拍老友嚴雲龍、黃騷、黃展雲昆仲合營，以「水滾茶靚 點心精美」著稱、本以月華樓名號，開在禮頓道上（即今鳳城酒家所在），後易名益新，定址軒尼詩道口。時流如水，歲月滄桑，昔日老闆，今朝俱化白骨，我亦成扶杖老人矣。

簡師名熙堯，今已九十一，乃居港相學大師，其人不慕名利，精通諸術，相學以外，尤精賭術與相馬，精準達九成。（噫，與彼入馬場，豈非必勝耶？）我識簡師，得自同窗鄧昌成君之引薦，一談傾服，甘執弟子之禮。蒙師不棄，贈書《冰鑑註釋》、《何所聞來何所見》二冊。窮一年歲月，詳覽之，得益匪淺。

我母幼隨一上海老和尚，粗通相術，我呱呱墮地之日，攜兒往詣其師。師曰：「陳小姐，儂價兒子古靈精怪，頑皮得勿得了，搭儂嘸緣份，常常搭儂！」母親聽着，半信半疑，心想：我咋兇，兒子怎會勿聽閒話？事實果然如此，小兒郎調皮不堪，弄得大人沒辦法。老和尚還有下句：「不過——陳小姐，儂可以放心，兒子勿是啥壞人。」確也，我眞的古靈精怪，我行我素，白髮蒼蒼，跛腳巍巍，不慕名牌，只愛小食，不欲酬酢，壞事不做，喜歡隨意。

茶過數巡，簡師忽地眼皮不抬，眼珠不動，緊緊盯着我：「沈仔唇薄有稜，主好言——」（對對對！我一杯茶、一杯酒，可放言幾小時而不停。搶言傾吐，直腸直肚，毫無禮儀之可言。）聽着，接下來這一句，直教我膽顫心寒，夜不能寐。「沈仔，今後你千萬不要多言，否則折壽！」登時魂飛魄散，坐立難安。邇來，常覺心悸胸翳，上氣難接下氣，略懂中醫，此乃中氣不足有以致之。簡師此言，銅錘撞心，茅塞頓開，病在多言。爲求長壽，沈大哥日後惟有罵不還口，易身謙謙君子矣！

簡師厲害，其師更厲害。如何厲害？請聽簡師七十年細說從頭。簡師年少時，棲住羊城，後移居濠江，年少氣盛，目空一切，字典中從沒有「謙虛」二字。某日茶居結識一老者，言談甚洽，結成老少莫逆。老者精通相術，簡師視爲迷信，愛理不理，老者莫奈其何。一夕，蕩馬路，迎面來了一漢子，神清氣爽，步履沉雄有力，其師望之曰「簡仔，呢個人十步之內必然跌倒！」大踏步，神情確威武，龍行虎步，何跌之有？（師傅，咪吹水唔抹嘴！）才向前走了幾步，背後傳來咚的一聲，回頭看，漢子已作滾地葫蘆。由是有了微微佩服之心。又經過一米舖，師說：「簡仔，我同你講，呢間米舖，兩個禮拜之內必遭祝融之劫！」（吹呀吹呀，你估你係神仙吖？）當下嗤之以鼻。不料，到了第八日，米舖果然遇火事，毀諸一炬。始知老者眞乃世外高人，伏地叩頭拜師。

簡師居澳時，已識鄭裕彤，彤叔乳名「阿B」，兩人偶有過從，某日街頭值阿B，其師，目不轉瞬，緊盯之，輕聲道：「此人他日必係巨富。」果如其言，成了世界鑽石大王。自此再無懸念，專心一致，跟隨學藝，盡得所傳。

我得簡師著作《冰鑑註解》，有序云——「《冰鑑》七章，沒有作者姓名，也不知何時撰寫，它是一本曠世的相學奇書，它芟除諸家的繁冗，撮取百世機要，提綱挈領，將相學好的精華囊括殆盡；而且明暢銷有節，文辭雅麗……。近年（二零零二）我籍着退休餘暇，將該書每一章張每一句細心校正、註釋，並加入自己數十年研究心得及所見所聞，用最顯淺的文字敍述，不重舞文弄墨，但求閱讀易明。」用意明顯，爲求普及。所言非虛，用心捧讀，可得知人之明。簡師相人，骨、目爲主，尤以目爲重。他說「人的雙目就像天上的日月，所以目木爲一生之本。無論富貴貧賤、壽夭窮通、善惡忠奸、聰慧愚癡，正直淫邪，非命或善終都可以由雙眼判斷出來，也最爲準確。所謂『斷貴在眼，擇交觀眼。』辨眼的優劣，除了看形象外最重要的就是：先觀其神，再察其光，神光蘊而不露，眼睛黑如點漆，眼白清潤，眼形秀美，尾若刀裁，瞻視平正威嚴，這是上佳之格。最忌神散光露，紅絲纏瞳。睛凸仰視，顧盼驕橫，三白或四白，皆難得善終。還有一種橫死的眼，就是『一線眼』又名『沉光眼』，平時只見眼形生得像一條線，如果配上大頭大戴面，那更是『肥豬眼』，眼運必死無疑。」竊以爲初步辨相，懂看雙目便可，這等同買了保險，可防橫禍。

上面說過簡師擅長相馬，早年曾跟伶王新馬師曾合作開公司，專業賭馬，結果贏八十萬餘，以人須知進退，愉快關門大吉。近日髀肉復生，在家觀電視，看馬匹行圈，蠡測勝出率，寶刀猶未老，命中八成多。有人求簡師傳道，稱已授某君，你們大可問他。席散，恭送簡師出店門，笑曰「你們多找我喝茶，兩年後，我們再不能相見了！」欲詰問，已飄然遠去。身上無所有，聊贈一枝春。祈願兩年後，相見在益新。

《冰鑑註解》簡沙侶手抄，簡師註釋，二〇〇二年，天地出版。

章二：光影鎂光

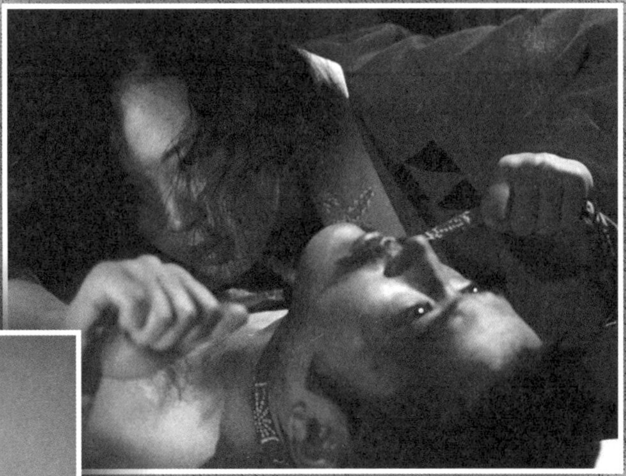

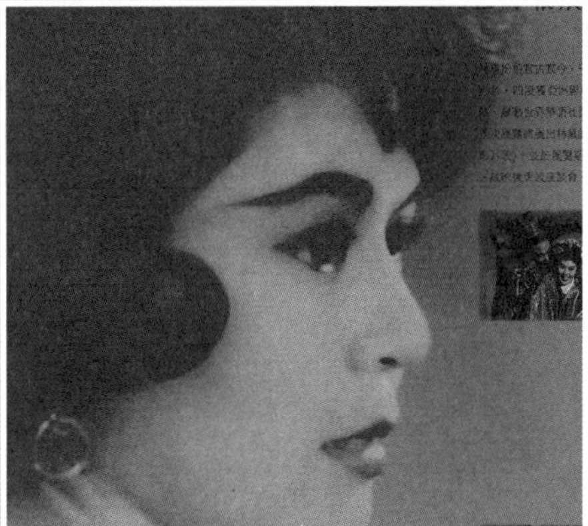

中秋夜談李香蘭

中秋月皎潔，難得日友高橋遠道來訪，與作竟夕談，療我寂寥，不勝快意。兩人合計一百三十八歲，談興未因年邁而退減，孵在小咖啡館裏，一聊三小時，這個中秋，畢生難忘。三個小時，聊些甚麼呢？專注高雅，避談俗事，只說歌星、文學。高橋早稻田畢業，早歲報館工作，後轉赴電視台，製作節目數十載。近況若何？爽朗回說：「現在，我是啃老一族。吃老媽、喝老媽、住老媽，哈哈哈！」老媽今年九十一，同住好照拂。現職又若何？古惑一笑：「無正業呀，四處遊蕩，今天北京，後日香港、台灣！不勞你駕！」

高橋家獨子，自幼溺愛，終成浪蕩兒，我羨慕得緊。大學途中，遠赴北京研習中國風土人情，能說國語，善寫中文，尤精於舊日上海歌壇往事，文章散見日本、香港各大報章。早年，我寫了兩、三篇李香蘭女史的文章，其

李香蘭
1920-2014

中有涉及李香蘭得唱《夜來香》的始末詳情，高橋誤以爲我是專家，跑來找我，要提供李香蘭的絕密資料。他哪知道我只是南郭先生，搭搭檯腳，賺幾文稿費而已。講掌故，萬萬比不上台灣的蔡登山兄，可他多做文人事蹟，對歌壇、歌星興趣不大，高橋鴻文難覓發表地盤。

酒過三巡，高橋說話滔滔不絕，順口給我說了一樁逸事，李香蘭生前最後那幾年，高橋常伴隨伊人左右，李香蘭跑來香港找老姊妹姚莉敘契闊，高橋驢前馬後，殷勤引路。長日相陪，因而聽到了別人無從知道的李香蘭秘事。李香蘭駕鶴西歸後，高橋奔走於北京、上海，意欲籌劃一個《李香蘭傳奇》的舞台劇。商諸香港商界，承興而來，敗興而歸，東洋武士道精神，終不敵香港市儈。高橋高橋，你知不知道商人最重利？錢賺好商量，錢沒得賺，滾你媽的蛋。那夜，高橋發了一陣子牢騷，心情並不好，舉起酒杯：「老哥哥，咱們喝酒吧！」仰着脖子，啤酒盡往喉嚨裏倒，語調凄愴悲楚，看在我眼裏，是一片荒涼。

黃湯落肚子，追念意更濃，高橋又告訴我一件事。李香蘭生前早已分好遺產，弟、妹各得一半，以爲天下太平，豈料亡故後，仍然起了爭產糾紛，爭的是李香蘭故居，弟、妹皆不欲保留，趁價高，賣個好價錢。官司一打六年，最後，終賣與他人。高橋回日後，捎來微訊，細說端由——「謝謝你給我一輩子難忘的孤老倆共渡中秋。快離港赴泰了。她（李香蘭）公寓一九年八月末日交給房產仲介，賣價爲一億五千萬日圓（約一百萬美元），仲介以二億三千萬日圓重賣。現在不值四億日圓。跟香港樓市比起來，是芝麻破公寓。」以前東京房價世界最高，如今給香港遠遠拋離於後，而這種榮耀，吾實不欲觀之矣。

賣出前夕，高橋用大貨車，漏夜將李香蘭生前照片、日記、文物等分裝六大箱，一併運往川喜多長政紀念館資料室封存收藏。高橋無限感慨：「沈桑，這都是舊日上海歌壇最珍貴的資料呀，李香蘭的弟、妹根本就不知珍惜，任意擺放。他們讓我保留，這是天大好事。」

高橋說在這堆遺物裏，有香港吳思遠、李翰祥分別寫給李香蘭的信，商談合作拍攝《李香蘭傳》。前兩年曾寫過一文述其事。吳思遠耗盡心血籌劃，條件談得七七八八時，李翰祥橫插一桿，拜託「滿映」（滿洲映畫協會）李香蘭先輩洽談合作事宜，遂調轉槍頭，投向李翰祥的懷抱。不料，跌了眼鏡，李翰祥其時早已西山日落，資金籌措不果，無法拍攝，《李香蘭傳》不了了之。真相如何？相信看到高橋收藏的李香蘭資料，當可解惑。疫症期間，資料難見天日，今疫症已過，當可開封，期待高橋能示我更珍貴資料，或會寫一文詳述伊人事跡，以誌對曾賞幼小的我糖果李香蘭姨姨的懷念。

《電影旬報》二〇一四年十一月上旬號的李香蘭特輯，封面題爲「活在『電影』與『戰爭』的女演員」。

想起來，我見過李香蘭盛年風采，一九七二年，我留學東京，某天看到《朝日新聞》說李香蘭要從政，在有樂町帝國酒店宴會廳開記者招待會，我匆匆趕去，準備寫一點東西，寄回香港《快報》賺外快。到埗，記者雲集，我沒證，給摒在門外，只能透過密密重重人群，朝廳裏偷瞧，那時李香蘭大約五十歲，嬌小玲瓏，臉襯春風，眉彎新月，尤細尤彎，面對記者，顧盼煒如，回到香港，倩影難忘。唷！時光匆匆流走，已是五十一年前的事了！

未到中夜，我倆離開咖啡館，勾肩搭背，走在長街，遠處，小童三三兩兩，手挽兔燈、楊桃燈、船燈，往來穿梭奔跑，我彷彿看到了自己的童年。「走吧走吧！又一個中秋！」高橋帶點兒悲戚地說。不管他，我們幹自家的事，走兩步，唱三句李香蘭的《蘇州夜曲》……「投君懷抱裏 無限纏綿意 船歌似春夢 流鶯婉轉啼 水鄉蘇州 花落春去 惜相思長堤 細柳依依……」這時，高橋忽地喊住我：「沈桑，停步啊，看，月亮多圓多亮！」我轉身仰望，月亮圓得有點兒慘淡。

周潤發的毒藥與靈藥

天熱火氣大，朋友見面，不約而同罵起周潤發，恨得牙癢癢：爲甚麼會拍這樣的戲？指的是《別叫我賭神》。我沒看過，無法回答。朋友以我曾跟周潤發結過戲緣，大抵相熟，問題連珠炮發問不停。我啞然，其實在《龍虎風雲》拍完後，我們沒有再見面，偶然公衆場合碰頭，也是揮手打個照呼，要我正兒八經，分析周潤發，我不夠格，隨便談幾句，當無不可。

周潤發從影，可分三個階段：票房毒藥——七十至八十年代；票房靈藥——八十至九十年代；其後漸漸下調，至目前，又回到毒藥時代。

這一期間，約莫橫亙四、五十年，周潤發由南丫島鄉村小子搖身一變成影壇巨富，怕他自家做夢也想不到。八七年，周潤發接拍《龍虎風雲》，片酬約爲二十萬，這還是林嶺東向麥嘉力爭取回來的。那時候，《英雄本色》

尚在拍攝階段，周潤發星途未卜。

某天黃昏，我跟林嶺東，朱繼生三人在尖沙咀金牛苑晚飯，阿東電話響，是周潤發掛來的：下班啦，問可有飯吃？來吧！多一人多一雙筷子，反正帳單給麥嘉。未幾，翩然而至，一件藍T恤，一條牛仔褲，衣着樸樸素素，頭髮蓬蓬鬆鬆，鼻樑上架着一副黑框眼鏡。不仔細看，真看不出這是周潤發。坐下，阿東關心地問起《英雄本色》拍攝進程，進口菜，說道：「哈哈！這得看龍哥（狄龍）、哥哥（張國榮）了！」對自己竟然毫無信心，站在兄弟立場，阿東婉言勸慰。

有人以爲是吳宇森力邀周潤發拍攝這部電影，這是言過其實。電影裏，Mark哥這個角色，本屬鄭浩南，他的英文叫阿Mark，碰巧撞期，吳宇森想起發仔閒着無事，就把他拉來。於是，這天上落下的餡餅，教周潤發輕輕鬆鬆地啃着了。（天啊，這便是運！）《英雄本色》拍攝中，由於吳宇森的放任，周潤發毫無束縛地，盡情發揮，不少細微精緻的動作，都是他的

日本《Screen Archives》在二〇二二年重出的「周潤發復刻號」，收錄《英雄本色》相關訪問和照片。

構思，例如口咬火柴枝在嘴角打轉，掀起大衣用力一甩，披在身上，何等佻脫，何等瀟灑。機靈的吳宇森看在眼裏，就盡力爲周潤發加戲。本是雙星對峙，一下子，變成三星鼎立，這樣一個轉變，造就了天王巨星周潤發。跟着又拍了《龍虎風雲》、《秋天的童話》、《監獄風雲》……電影紅火，票房高漲，吳下阿蒙、毒藥周潤發，搖身一變，成爲了萬試萬靈票房的保証，誰敢再瞧不起他？

周潤發活潑調皮，本性善良，鬼點子多，香港男星演浪子，不作作他人之想。台灣影帝柯俊雄在《再見阿郎》演浪子，爲人稱許。曾言「發仔演浪子戲，僅次於我。」語調帶點兒妒忌。八七年，柯俊雄應邀來港拍攝陳會毅導演的《義本無言》，一夕，在國賓酒店跟我喝咖啡，提到香港的周潤發：「台灣電影圈說他演戲很厲害，我倒想見識見識。」噴了口煙：「有一場戲，是周潤發跟我演對手戲。我坐着，雙眼定定的望着周潤發，看他拼命地在做戲，一句話也不說。」（媽的，搞甚麼鬼，這是啥門子演技？）後來才知道這是演技的最高境界，香港演員不多人有，大抵僅梁朝偉一人而已。

九五年，拍完《和平飯店》，周潤發拓展新領域，孤身進軍荷里活。有人心善，勸他細思，剝嘴暉上身「咩呀，係咁先！」大丈夫唄，志在千里，周潤發胸膛一挺「吾去矣！」到了荷里活，先後拍了《血仍在冷》、《再戰邊緣》、《安娜與國王》，票房都不大理想，只有《臥虎藏龍》，有大導演李安，號召力夠，票房不弱。既留在荷里活發展平平，倒不如賣棹歸港，再戰天下，放棄香港，輾轉內地賺人民幣。跟斯琴高娃合演《姨媽的後現代生活》（眞夠彆扭），貫徹獨有的嬉皮笑臉演技，又參與張藝謀導演的《滿城盡帶黃金甲》，皇帝相貌堂堂，票房不俗，再演孔子，有形無神，評價平平，可以說自荷里活歸來，周潤發已無復當年在香港拍戲時的氣勢。

離港多年，香港影壇湧現了不少出色演員，別說梁朝偉，劉德華、劉青雲，即便吳鎮宇、黃秋生、張家輝、郭富城、林家棟，演技都不遜周潤發，甚或過之。於是有人說周潤發開始走下坡了，然仍未醒覺，獨拍爛片，王晶的《賭城風雲》123，直把周潤發推向深淵，鈔票賺夠，失去名聲。

某日，看到電視訪問王晶，嘆息地道：「發仔從荷里活回來後，演技沒有進步過。」言下之意，發仔已非昔日的周潤發，聽似刻薄，卻是事實。豹隱經年，拍了《別叫我賭神》，碰上Covid，冰藏三年推出，以爲鴻鵠將至，豈料換來一片倒采。巨星風采已不復，一沉百踩，批評之聲不絕。廉頗老矣不能飯？也不盡然。周潤發年屆六十八，體健筋強，神清氣爽，荷里活的羅拔迪尼路、夏里遜福、奇連伊士活、史泰龍皆年長於他，都能擔當男一號，刷新票房。橫看豎看，咱們周潤發哪一點有遜於彼等？莫氣餒，放下巨星身段，找個好導演、好劇本，重修演技，諒可重現龍虎本色，再做風雲票房！發哥思之切切！

粉紅電影令人醉

香港女子入闖日本AV圈，掀起浪潮，滿城談論者衆。我喜歡開倒車，AV於我無涉，毋妨談一談往日日本的粉紅電影。七二年秋，我踏足東瀛，閒日無悝，映畫消遣，在新宿小戲館裏看到粉紅電影看板（此爲東洋專有名稱，說的是軟性色情電影廣告）。好奇心起，購票觀影，看後，舌敝脣焦，渾身火燙（如今則是毫無感覺），自此迷上粉紅電影。那天看的是東映的《獵影》，女主角是艷星宮下順子，面若銀盤，肌膚豐肥，步姿搖曳，搏浪慵懶，如此可喜娘，香港影壇不易見，大抵只有恬妮，胡錦近之。日本粉紅電影始於五七年，導演小林悟首拍《肉體市場》，同年又有本木莊二郎的《肉體自由貿易》（好名字）和關孝二的《情慾谷間》，三部電影綑綁一起，在東京各區小電影館輪番上映，觀衆瘋狂捧場。

余友電影評論家權田萬治在一篇文章裏，這樣說——「粉紅電影的得名，來自一名叫村井實的記者，他往片場探班，燈光迷濛，背景粉紅，靈機一觸遂稱這種電影爲『粉紅電影』，名稱一路沿用至今。」

粉紅電影都是小本製作，當年日本影壇爲五大公司所壟斷，大映、東寶、松竹、東映、日活一手遮天，小公司難以抗衡，更遑論分一杯羹。改弦易轍，改拍小製作維生，想到了利用女性胴體作招來，隨便找個故事，用一兩個稍具姿色的女星演繹，本屬嘗試性質，不意試出天際彩虹，電視迷紛紛跑回電影院。粉紅電影一雷天下響，人人爭拍，權田萬治說第一部紅粉電影，是一家小公司攝製，小投資、高回報，正合刀仔鋸大樹的意念。於是大公司東映、日活也加入戰團。

東洋人拍粉紅電影，的確有點兒小聰明，明是販賣色情，卻賦以文學、藝術包裝。六四年，名導演武田智鐵二，居然改編了大文豪谷崎潤一郎原著的《白日夢》，有大文豪墊背，電影大賣，武田因而成爲粉紅電影大師。

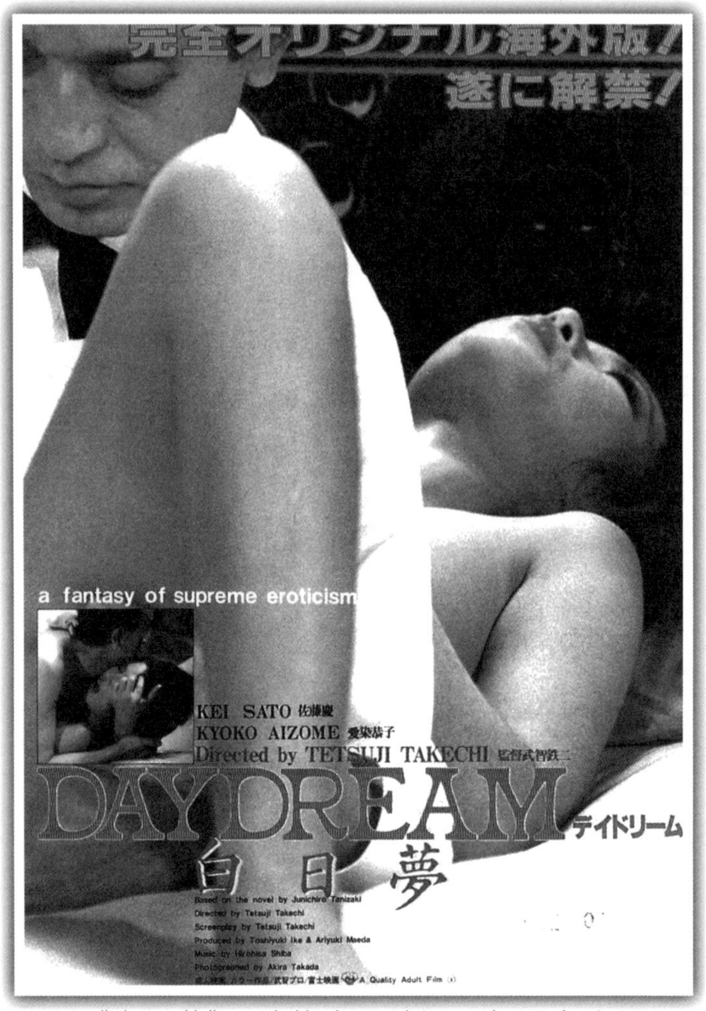

電影《白日夢》，改篇自谷崎潤一郎同名小說，一九六四年作品。

再說我自己吧，自看過宮下順子小姐的演出，便成了她的影迷，每一部電影都看。憑良心說，順子並非大美人，長相一般，卻擁有着難得一睹的慵懶之美，直有「侍兒扶起嬌無力、回頭一笑百媚生」的蕩人魅力。不獨我迷，台灣同學林原也迷。

順子生於四九年，小我一歲，代表作有《紅髮女郎》，我是看了一遍又一遍，仍然不厭。一個平凡的女演員在電影裏的風情，引起我長年累月的追緬，實是我意想不到的事兒。順子的演藝生命，非常長，七二年出道，一直拍至二零一一年，橫亙三十九年，眞是一個奇蹟。

大公司以東映、日活拍得最起勁，東映除了宮下順子，還有白川和子和片桐夕子。其中夕子跟順子齊名，身姿、氣質各具特色，朋友月下花影，樽前論女優，我舉順子，權田推夕子、林原擁和子，相互抬槓，結論難定。論色，夕子、和子俱在順子之上，可順子的慵懶，實非人人能有。文學評論家進藤純孝曾對我說過「天下萬物，以罕爲貴，挑美人不難，在日本影壇，俯拾皆

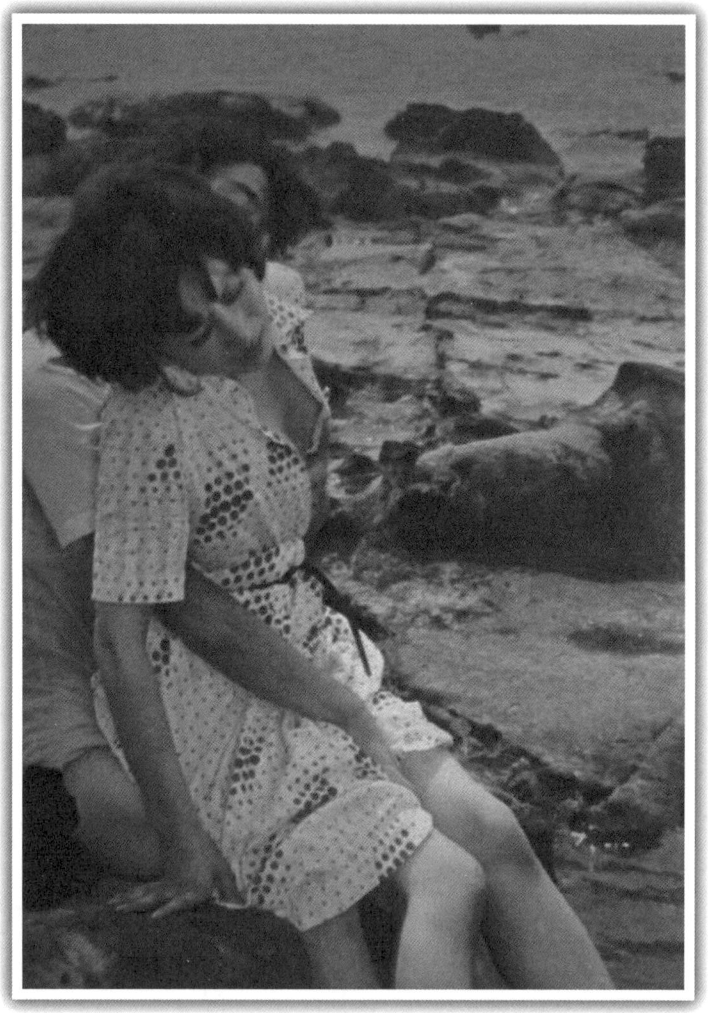

宮下順子主演電影《鎌倉夫人 童貞俱樂部》劇照，一九七五年作品。

是，數氣質獨具的，鳳毛麟角。」

東映、日活，五大中，敬陪末席，一直是老死不相往還，在粉紅電影市場上，拼過你死我活。東映有名牌，日活也不賴，當家花旦田中眞理，清純臉蛋，魔鬼身形，挑逗男人的手腕，不遜於老牌尤物三原葉子，主要出演校園生活爲背景的電影，放蕩形骸，比風俗女更銷魂。後來索性豁出去了，率先赤裸盡情演出床戲，是ＡＶ的先鋒大將。林原花心，愛完順子、夕子，又轉矛頭向田中眞理，田中傑作名《潤濕的高速公路》，看過電影後，當知片名另有所指。

我也喜歡看白川和子的電影，演酒吧媽媽生，無人能敵，一襲和服足勾魂。白川和子比我小兩、三歲，七十年代初、曾在有樂町一爿間酒吧晤面，二十來歲，風情壓得我抖不過氣。介紹我認識的是好友中國通伴野朗（那時是朝日新聞記者，後變身著名推理小說家，七六年以《五十萬年的死角》拿下江戶川亂步獎，已逝多年），他當面說「在我們日本電影界，扮演媽媽生，

白川和子主演電影《戀狂》宣傳海報，一九七一年作品。

非和子小姐莫屬。」和子一聽，立時站起鞠躬行禮「謝謝老師的美言，和子可沒演得那麼好！此後我將會加倍努！」溫言軟語，如春日的風。

和子名作是《團地妻》系列，迷人的淺笑、妖媚的眼神，把不少中老影迷，迷得迷迷惘惘。八十年代後，AV興起，不少觀衆都轉看明刀明槍的AV，遮遮掩掩的粉紅電影開始沒落，幾成爲明日黃花，由全盛期的百多家演變成今日的二、三間。人情薄如紙，觀衆大抵忘了在日本影壇搖搖欲墜之際，粉紅電影是一支生力軍，撐起了半邊天，對影壇，有着不可磨滅的貢獻。

追溯日本粉紅電影源流

昔日談日本粉紅電影，引起讀者們的興趣，今再略談一二。爲甚麼會有粉紅電影的出現？我說沒用，還是請導演樫原辰郎說說吧！樫原寫了一部有關日本成人電影發展的書，極具參考價值，其中一節這樣說——「（日本）成人電影起源於六十年代中期，那時的名稱是『粉紅映畫』（粉紅電影），女星裸露上身，在床上作出種種性反應表情。昭和敗戰以來，市面從沒有相同性質的電影，因此『粉紅映畫』甫出現，就受到觀衆的熱烈追捧。六十年代中期，電視開始普及，直接構成電影的沒落。平民百姓人人都有能力擁有一台電視，既可收看免費節目，又何必跑去戲院看電影？這樣一來，日本電影事業漸次進入了『夕陽』期，許多電影公司相繼倒閉。爲挽救電影事業，六四年，日本影壇出現了『粉紅映畫』。賣座不俗，引起不少同行紛紛爭拍『粉紅映畫』」。這樣一直以拍攝武士電影爲主的「東映」，六十年代下半期也開始改變拍攝方針，七一年，推出由池玲子和山本美樹主演的《溫泉蚯蚓藝妓》，池玲子就憑着這部電影，成爲了日本影壇第一代的性感艷星。

東映得嘗甜頭，全速拍攝「粉紅映畫」，他們的製片方針一分爲二：A，幫會電影；B，粉紅電影。藉此兩大拍攝方針得以苟延殘喘。同年，日本最大的電影公司「大映」倒閉，電影界進入秋風蕭殺的光景，爲求存活，歷史悠久的「日活」逼得變身，拍攝石原裕次郎主演的傳統幫會電影之餘，開拓了自創的「浪漫色情」電影。到了一九六四年，「粉紅映畫」到達巔峰期，一年之內產量高達九十八部。別以爲成人電影全無質素可言，這種想法可謂荒謬而不切實際。喜歡看日本成人電影的人，一定聽過若松孝二的名字，獨特的拍攝風格，譽滿日本影壇，盛名不下於大島渚，而跟鈴木清順齊名。

電影《恐怖人間（恐怖奇形人間）》改篇自江戸川亂步同名小說，一九六九年作品。

聰明電影人腦筋靈活，很快就洞悉到純靠女人胴體，滿足不了觀衆的慾望，於是，東映首創的「粉紅暴力」電影應運而生。一九六八年，天尾完次、鈴木則文聯導的《忍之卍》由於女角裸裎不多，挑逗不足，賣座不如理，賠了大本。小小失敗，未有令東映卻步。吸取失敗經驗，同年由石井輝男導演的《德川女系圖》、《德川女刑罰史》，扳回頹勢，賣座空前，開創了古裝色情電影的先河。從六十年代到七十年代，東映拍攝了多部知名的「粉紅暴力」電影，其中改編自知名偵探小說作家江戶川亂步的《恐怖人間》，不獨色香味俱全，而且藝術性濃，成爲雅俗共賞的優秀電影。

古裝情色電影賣座，製作人匠心獨運，另闢蹊徑，拍攝了不少「極道」香艷電影。「極道」者，就是我們香港人口中的黑社會，日本黑社會和香港的不盡相同，它是政府承認的合法團體，成員可派發名片，自稱「極道」成員（註：香港影星陳惠敏宣稱政府只是默認，並非合法）。「極道」映畫，最出名的，便是小林旭跟宍戶錠聯袂主演的一系列浪漫黑社會電影，有女

若松孝二導演離世後十年，導演竹藤佳世於二〇二二年推出紀錄片《67 歲的風景》，拍下若松孝二在 67 歲那年在東北拍攝時的事跡。

星的出浴鏡頭，也有激烈香艷的床戲。這類電影，迅即風靡了萬千青年男女，小林旭一躍成爲日本女觀衆心目中的「天字第一號帥哥」，寶田明瞠乎其後，而宍戶錠也就順理成章塑造了反派巨星的形象。

正如上文所說，一九七一年，日本最大的電影公司大映倒閉，電影界進入窮途末路。日本最老歷史的日活也來個大變身，在一邊拍攝石原裕次郎主演的幫會電影之餘，一邊開拓自創的「浪漫色情」電影，由是各類艷星如雨後春筍，紛紛湧現。日活首拍的「浪漫色情」電影，便是《團地妻・響午的情事》和《色曆大奧秘話》，前者時裝，後者古裝宮闈。所謂「團地」，類似於我們香港屋邨，「團地妻」，也就是家庭主婦。電影女主角白川和子，成熟、性感，迅即俘虜了不少男觀衆（包括我在內）的心。白川之後，冒起了原悅子、畑中葉子和田中眞理。可以說，正是田中眞理的出現，拯救了日活瀕臨破產的困局，處女作《魔性之香》，上映後，賣座輾壓所有同類電影，田中眞理也就相應成爲「浪漫色情女王」。

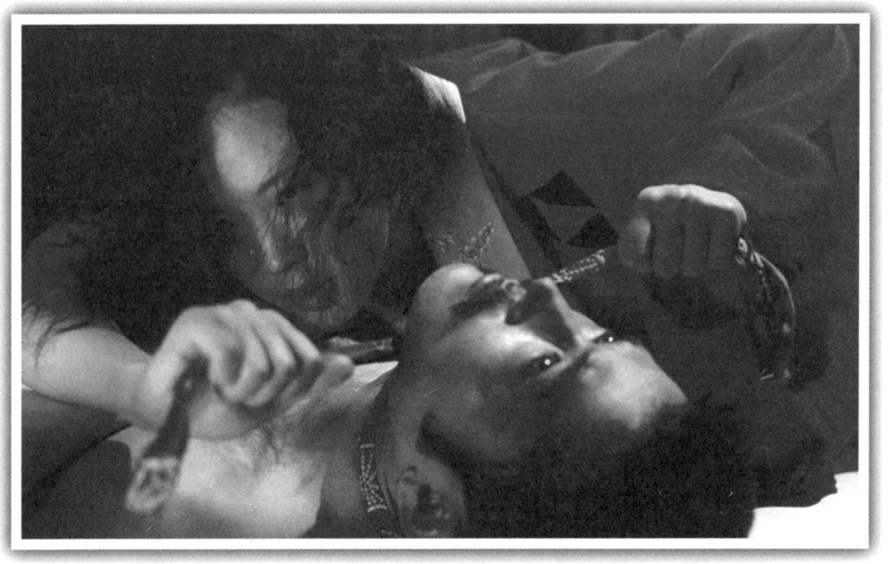

大島渚電影《感官世界》劇照，松田英子、藤龍也主演，一九七六年法日合拍作品。

昂奮する猟奇の巷

街上美人連すくむ

女怪を探す血眼

それ銀座だ！の噂立てば

通行止めの大騒ぎ

《感官世界》取材自轟動日本的「阿部定事件」，圖爲《朝日新聞》一九三六年五月廿一日剪報。

既說日本「粉紅映畫」，哪能不提五月綠，她是第一代「熟女」，女人味之醇、之濃，宮下順子大有不如。浪漫色情電影廣受歡迎，有導演別出心裁，七十年代拍攝了色情藝術電影。大島渚一九七六年的作品《感官世界》更是箇中的代表作，不但震驚日本影壇，在康城（坎城、戛納）電影節也獲得了高度評價。大島拍電影，手法大膽，空前絕後，意識前衛，匪夷所思，連男女的性器官也給展現於銀幕上，驚世駭俗的作風，在七十年代，可真嚇怕了世上衛道之士。除了大島渚，若松孝二、鈴木清順皆是色情藝術電影好手，若松的《天使之恍惚》、鈴木的《肉體之門》都是一等一的傑作。愛好日本「粉紅映畫」的讀者，你們可有看過嗎？坦白地告訴你們，我看了無數遍！（好色之最）

揭李小龍比武眞相

過去寫李小龍，遇到過不少有存疑的地方，都無法一一釋疑，最顯著的，莫如李小龍跟人的比武事件，多模糊不清，有說王羽曾與彼切磋過，結果勝利而還，眞的嗎？王羽乃七十年代獨臂刀大俠，聲名顯赫，比武贏了李小龍，我一頭霧水，因爲從來未有聽過這樣的傳聞。可陳眞梁小龍言之鑿鑿，似乎有所根據。聽他講王羽因一部《獨臂刀》走紅影圈，成爲上世紀一代武俠巨星，不可一世，可自有了李小龍，拳腿虎虎震四海，王羽的劍盤場大戰，頓時落了下風。王羽素來崖岸自高，哪嚥得下這口氣，常思挑戰李小龍，一挫他的戾氣。主意打定，苦練武功，尋瑕抵隙，找小龍死穴。

七十年代初，李小龍來了香港，在電視台展現截拳道，王羽看在眼中，有點兒敬佩，能在美國揚名立萬，如無眞功夫，豈能立腳穩。美國人不是獃子，三腳貓功夫，絕不能瞞天過海。爲謹慎計，就找身邊的武師尋問。都知道李小龍的功夫，最厲害的就是他的腿功，於是就教武師示仿李小龍的腿法往自己身上招。那班武師都是跟在王羽背後的跟班，不敢動眞格，於是以弱示之。王羽一眼識破，狠斥武師：再裝模作樣，全部捲鋪蓋。無奈只好把學來的李小龍實際功夫，一一演練，王羽一看一心跳，如斯厲害，咋辦？只好就自己身上的功夫，採長補短，克制小龍腿功。至於如何出手克敵，並無十足把握。

秘密練兵一段時間後，信心陡增，就託嘉禾老闆湖鄒文懷邀約李小龍，雙方握手，膂力驚人的王羽卽發力緊握，李小龍不防有此一着，給他佔了先機，臉色唰地一變，便欲動手。鄒文懷見勢色不妥，忙打圓場：「喝茶喝茶！」鄒老闆放言，王羽惟有罷手。王羽歸來後，奢言講手贏了李小龍，一群武師，唯唯否否，不好駁斥，他們絕不相信王羽能贏李小龍。後來路邊社消息傳到，方知兩人只是握手比手勁，不由啞然失笑。比手勁跟比武，是兩

傳聞王羽曾經跟李小龍比武，眞相是兩人握手比手勁。

碼子的事，比武，李小龍講求快、準，力氣大，無濟於事，對方可以隨意閃避，唯快、準可破敵。

昔日李小龍跟陳惠敏論功夫，說過一番話——「惠敏，講手最重要快同準，力度其次。」這番話的重點就是以快、準破敵，力度敬陪末座。李小龍的速度，天下第一；準繩度無人能出其右，閣下要打架，千萬緊記。打過街頭交的朋友，當知道此乃至理名言，拳腳快佔先機，至於準，則指攻擊要害，人的身體上，有不少脆弱處所，下顎、下陰、太陽穴、小脇，只消稍稍着力，就會痛至暈厥。如果不是比手勁，來個眞正講手，速度不夠快的王羽，如何剋制李小龍？

比較有根據的比武，當然是劉大川挑戰李小龍，當年哄動香港。我以前曾寫過兩人比武的情形，這裏簡述一下——「兩人對峙，李小龍先讓劉大川三招後說『我來了』，跟着右腳一踮，劉大川以爲李小龍起腳，注意力全集中於他的右腳上，孰料此是虛招，身形一展，右拳正中大川鼻樑，看時間，前後不到三秒。」

當時我說雙方比武是在新界的一座別墅，聽說是退休探長的物業。最近讀到老友梁相弟子黃鵬緒的文章，十分傳神——「現實中葉問其一弟子正是知名探長鄧生，四十年代加入警界，曾任『反偷渡』組長，早年查案非常落力，六五年黃大仙百貨店命案，為搜尋兇器，親自在佐敦碼頭潛水。六八年退休時，為深水埗探長，是『爛仔亨』韓德（Ernest Hunt）的手下及禤雄的同事。七六年七月被廉記拘捕，獲保釋後，一去不返。鄧生社交能力強，六零年代末資助成立香港詠春體育會及中國國術總會，出任首任會長，七二年葉問喪禮上鄧年和梁相、駱耀、黃淳樑等大弟子站在最前。綽號『大王』的鄧生係新界人，曾任粉嶺鄉事委員會副主席及鄉議局議員，在聯和墟有佔地很大的別墅。」

傳說李小龍、劉大川講手的別墅應該就是聯和墟鄧生的別墅（一說是船王華生的物業，王華生喜歡運動，據聞曾在別墅裏舉行過數場比武）。因而李、劉比武，有可能是通過鄧生和王華生的安排。

再說跟李小龍比武的劉大川，是查拳和拳擊高手，我耳聞其名而不知其人，最近巧遇學弟區華昌，告訴我劉大川原來是澳門慈幼的學生（也有可能來香港後進入筲箕灣慈幼），跟他相熟，並言劉大川說認得沈西城，那就有可能是當年同班或不同班的同學。現在劉大川旅居外國，生活安定。區華昌曾追問跟李小龍比武經過，微微苦笑，回道「我根本埋唔到佢身！」大川係武術家，上過擂台，所說當有可信之處。王羽雖不曾現身擂台，練過空手道、西洋拳，是街頭搏擊高手，在台灣先後苦戰四海幫殺手，沒幾把刷子，早已明喪黃泉，可說到要挫敗李小龍，無疑癡人說夢！

影圈「刀仔鋸大樹」的始創者

近日影圈老友碰頭，第一句話必然是「有沒有看過《毒舌大狀》」？答曰「有」，便追問「看過多少趟」？我莫名土地堂，爲啥要問看過多少趟？身邊一位女士微微一笑，告訴我這部電影很特別：「我的兒子前後看了三趟。」我有點疑惑：電影眞有這麼吸引，這樣好看？經不住女士的誘告，我這個近十年都沒有進過電影院看戲的老頭，破例自掏腰包，買票進場觀看。

電影着實不錯，言之有物，劇本上佳，演員出色，小本製作，有這樣的水準，還有甚麼可說的？偏偏仍有少數影評家，雞蛋殼裏挑骨頭，大唱反調，認爲電影所以賣座，不過是合了大衆心態，因而引起哄動，言下之意此乃媚俗之作。恕我失禮，不盡同意，電影輸送了一個訊息，就是對抗強權，面對一個傳統大家族，位低人微，退任法官、轉職無財無勢的大律師，不畏權勢，鍥而不捨追查一宗血案。螳臂擋車之舉，在他看來乃理所當然的事，伸張正義成了他的人生任務，結果成功翻案，弱勢群衆挫敗豪門權貴，吐了口烏氣，觀衆焉能不興奮、不認同？此正是《毒舌大狀》創下逾億票房的原因。

影評家朋友一向喜歡吹毛求疵，面對《毒舌大狀》的演員，亦不禁破例，豎起大拇指呱呱讚揚。女主角王丹妮，可說是近年影壇的一大發現，猶記得《梅艷芳》上映時，我第一篇稿子發表在《亞洲週刊》，就說過王丹妮除了身高之外，全身都有着梅艷芳的影子，看似好事，若長期作翻版人，無疑是爲他人作嫁衣裳，可幸在《毒》片裏面，梅艷芳的影子已給徹底洗淨，擺在我們眼前的，是一個可憐兮兮被冤枉殺女兒的母親，哪裏還有梅艷芳的影子。

我問《毒》片的監製Ivy如何覓得這樣的可喜娘兒？Ivy坦言相告，當時爲《梅艷芳》尋覓女主角，費盡心思，花了不少歲月，在內地、香港、東南亞，尋尋覓覓，覓覓尋尋，都成了空餘恨。對眼的人兒不易找唷！咋辦？

吳煒倫導演及編劇電影《毒舌大狀》劇照。上圖左起：林保怡、楊偲泳、何啟華、黃子華，下圖：王丹妮。二〇二三年作品，票房衝破一億一千四百萬，成爲香港最賣座港產片。

心意闌珊，正想放棄之際，一份應徵者資料飄到眼前，資料上的玉人，不正是活脫脫的梅艷芳嗎？（噢！莫非天上掉下餡餅來？）陷於絕望的Ivy在迷霧中看到了曙光。（呦！就是她，王丹妮！）沒有名氣，也沒拍過電影，只是一個模特兒，可在面試時，活生生的梅艷芳就坐在面前。王丹妮的可塑造性端的高，體形苗條可人，素衣時，渾身上下瀰漫着一抹悒怨淒楚，穿上華服，平添數層冶麗妖媚，正是悲艷相宜。

我說黃子華是一個傳奇演員，他身上背負着香港影壇兩大紀錄：最低票房十七萬、最高票房一億一千萬，你說傳奇不？黃子華眞有着打落牙齒和血吞、堅不認輸的毅力，許是別的人，早已志氣消沉，脫離電影圈，另謀棲身所。可他不斷努力，棟篤笑，復闖水銀燈，終於苞蕾綻放，《飯氣攻心》，票房近八千萬（約一千萬美元），正當人人拍手喊奇蹟，不到一年，《毒舌大狀》投下香港原子彈，賣座一億一千萬，打破有史以來的華語電影票房紀錄。於是，又有人說這個紀錄，怕難會有後者，我使氣，或許黃子華的第三部電影會來個一億二千萬哩！香港電影自此進入「黃年代」，不再是「周天下」！

王丹妮、黃子華以外，電影裏的王敏德也教我眼前一亮，猶憶三十年前，王敏德初到香港，某日武打影星陳惠敏帶他來尖東北海漁村跟老前輩陳清華、倪匡和我共飯，挺拔瀟灑、俊朗非凡，卻是一個奶油小生，廣東話不靈光，模樣混血，兩者加上，正是米高（王敏德的英文名）在電影圈發展的絆腳石。不出所料，除偶演飛虎隊長，略爲顯眼，一直浮浮沉沉，星途平平。想不到在《毒》片扮演洋律師，說他母語，上層階級氣派盡展，那種口蜜腹劍的演出，令我刮目相看。媽呀！香港影壇又多了一位性格演員。至於謝君豪，就甭說了，話劇皇帝，怎會讓我們失望！

現在最開心的，當然是安樂公司的老闆江志強（江老闆），春風吻上了他的臉，告訴他現在是春天。小投資、大收成，這招「刀仔鋸大樹」，運用得何其美妙！江老闆勝而不驕：「我算甚麼？電影圈有人比我還厲害！」誰呀？「吳思遠咯」，瞇着眼，笑盈盈：「他拍電影，每一部都賺錢，做戲院又大獲成功，怎叫我不佩服，我起了他一個綽號叫做『未輸過』！」

吳思遠以小搏大

江老闆說得真對，認得吳思遠的同行，皆知他最擅拍小本電影，每齣收益甚鉅，當年以一百萬以下的成本，拍《蛇形刁手》，起用成龍、袁和平，收入三百萬；同年，原班人馬，再來一齣《醉拳》，票房七百萬，成績駭人。因而香港影圈「刀仔鋸大樹」的始創者，可說是吳思遠；如今江老闆承前繼後，發揚光大，再來一招「刀仔鋸大樹」，空前成功。香港電影同行，欣羨之餘，必有人欲效之，恕我坦白，志氣可嘉，成功非易，此關係到投資人的頭腦、眼光和魄力，吳、江二人都有這兩種條件，成功實非僥倖。

日本在二〇一三年發行的《蛇形刁手》及《醉拳》紀念盒裝影碟，除了電影正片，亦有原聲大碟、明信片、日本上映時的場刊等。

光藝三大花旦的風采

老影迷告我嘉玲女士夢中去世，第一個反應是爲她而喜，早聞嘉玲久歷呼吸不暢症，辛苦異常，在夢中上天堂，實是幸事，八十七歲了，不算短壽。

我看過不少嘉玲的電影，印象最深刻者，莫如五九年的《通心樹》，合演者影迷王子謝賢，陳文導演、楊帆編劇，光藝公司爲隆重其事，特意在灣仔東方戲院作中午場首映。要知東方是首輪戲院，專放外國電影，從不垂青本地貨色，更遑論粵語片。光藝老闆何啟湘臉面大，否則豈能破例。那天十一點許，我和二姊隨同女傭卿姐來到東方戲院，人潮如湧，水洩不通。首映場一票難求，幸得卿姐好姊妹乃麥炳榮家中女傭，麥大老倌出面方能掙得三張戲票。十二點半開場，一路等到十二點四十五分，人群起哄，有人高喊：來了，來了！謝賢、嘉玲來了！一輛喜臨門房車馳至戲院門口，車門打開，下車的是衣冠楚楚的謝賢和嘉玲。影迷蜂擁上前，警察叔叔雙手攔住，大聲叫：「請大家守秩序，不要推擠！」謝賢也揮起雙手，道：「大家合作，不要推到嘉玲小姐！」這句話可真生效，影迷一下子都住了腳步，乖乖地跟在兩人後面，一路步入戲院看電影。

一個半小時後，電影告終，謝賢、嘉玲兩人謝幕，台下掌聲雷動。說實話，以前我看過謝賢主演的電影不少，這一部演得最貼切細緻，戲中扮演一個癮君子，毒癮起時，輾轉反側，涕淚直流，表現之佳，人人動容。如果那時候有金像獎，早應奪得影帝，何須等到晚年方來「殺出個黃昏」。

謝賢、嘉玲相識相戀七載，應結連理枝，因謝賢不願早婚，嘉玲心碎，六三年轉投泰國富商姚武麟懷抱，情比金堅，共度一甲子。反觀謝賢，婚姻再三，皆以離異收場，如今孑然一人，望海興嘆，寂寞孤單。嘉玲雍容華貴，是光藝當家花旦，另外還有南紅（人稱媚姐）、江雪。我第一次看到南紅，是五三年從上海初到香港，北角家居附近有月園遊樂場，南紅在那兒初踏台

嘉玲與長子黃栢文合照。黃栢文從事演藝事業多年，多演壞蛋，有「御用惡人」之稱。

陳文導演、楊帆編劇電影《通心樹》宣傳單張，謝賢、嘉玲、南紅主演，一九五九年作品。

板，師承紅線女，技藝不如師傅，電影方面，則是青出於藍，成爲五、六十年代最受歡迎的女明星之一。我看過她的《昨夜夢魂中》、《孽海遺恨》、《歷劫花》，淡掃蛾眉，苦情戲尤勝嘉玲，當紅時下嫁名導演楚原，鶼鰈情深，相互依持，楚原不久前方去世，如今冷冷清清過日子。

比起嘉玲、南紅，小妹妹江雪精靈調皮，得天獨厚，大姐嘉玲視之如胞妹，處處細心照顧，甚至陪她讀劇本。謝賢寵她，演對手戲時，又愛作弄她，令她哭笑不得，因而出岔子，挨導演秦劍的罵。從影十一年，拍了三、四十部電影，產量驚人。可江雪爲人低調，不願長期露臉於鎂光燈下，追慕感情生活，六十年代委身議員楊寶坤，自此息影家園，移居加國，不問世事。

光藝三花，如今一花謝去，餘下二花，都已年過八旬，人生匆匆，我們都是過客，今日的你，便是明日的我。走筆至此又想起了一件往事，是關於嘉玲的，原來嘉玲進入影圈前，早已結婚產子。嘉玲生於一九三五年，五五年入光藝拍電影，換言之，約十九歲產下麟兒。麟兒姓黃名栢文，世事之巧合，巧合在竟然是我相識四十年的朋友。

八七年李修賢開創萬能影業公司，要我寫劇本《赤膽情》，開劇本會議時，座上有一個年輕人目光灼灼地盯着我看，我給看到通體不自在，弄不明白爲甚麼他要這樣盯着我。會議完畢，正待離開，年輕人走到我面前，道：「沈西城，你不認得我了？」眼看，眞有些眼熟，唉！總想不出是誰？「我是黃栢文呀！」年輕人忍不住叫起來。黃栢文？對啦，我這就想起來了！大約在八二年，電視台監製李沛權爲邵氏拍了一部《鬼域》的電影，黃栢文當上他的助手，不知怎的，某日邵氏製片部來電要我抽空到尖沙咀太平洋酒廊拍攝一段短片，跟我合作的正是栢文。短片內容主要是解釋這是一部偵探電影，而非鬼怪片。原來電影要賣埠到南洋，當地政府反對怪力亂神，不得不由我跟栢文在片頭略作說明，洗刷連篇鬼話。片子拍完後，握手道別。雖然我跟栢文同在娛樂圈工作，此後卻無緣再相見。直到嘉玲死訊傳出，方知故友栢文竟然是嘉玲長子，不得不佩服栢文長期的苦忍與護母的心意。

那年代女星私生活必得小心守秘，否則名譽、票房受損。大多數女明星爲名韁利鎖，情海孽戀所困，活得苦不堪言，看呀！莫愁、林黛、樂蒂、林鳳、李婷、丁皓、陳佩茜、杜娟、陳寶蓮、翁美玲，甘捨俗塵，前前後後走上自殘之路。唉！今夕何夕，苦雨淒風，斷腸人在天涯！遠在彼方的嘉玲，靈前伴以謝賢花圈，前郎情深義重，一代佳人，當可瞑目了。

林黛四奪影后、三度自殺

台灣在紀念胡金銓，我也應應景，寫了文章追念胡大哥。文章發表後，又勾起一些零碎回憶，第一趟見到胡金銓，並非是在又一村出版社。且將遙遠的記憶拉近，原來早在六零年夏天已初遇，奈何距離遠，未及相認。那是啥回事？別毛躁，且讓我仿吳鶯音那樣地《聽我細訴》吧！

那年夏天某日，二姊雪筠氣沖沖走到我面前，要拉我下樓去。幹啥？我正在看金庸的薄冊子《碧血劍》呀！要緊關頭，停不得。「關琦，要看明星嗎？」二姊興高采烈地說。我對明星，熱度遠不如二姊，貪圖她手上的奶油五香豆和咖喱牛肉乾，只好虛應故事。下了樓，金舫酒店門前早擠滿人，二姊拖着我，左穿右插、靈活如鼠，瞬間搶到前排。圍着圈兒的中央，有七、八個穿黑制服的酒店職員正在維持秩序。「別擠！明星還沒來嘞！」「婆婆，小心小心，

林黛
1934-1964

別摔倒！」職員指着一個老太太朗聲喊着。「二姊，我們看誰呀？」我狐疑地問。「聽說林黛今天會來！」二姊不加思索地回答。甚麼？影后林黛？對呀，弟弟你愛看嗎？正想回答「不大愛看」，一眼看到二姐杏眼圓瞪，湧到嘴邊的說話，硬生生地給咽了下去。五香豆、咖喱牛肉乾的誘惑力，非同小可，豈能小覷！

過不了些時，人群忽起哄，小巷轉角處，駛來一輛黑色轎車，緩緩駛近酒店門前。眾人蜂擁而上，職員們手拉手圍在車前攔阻。「不要擠到林黛小姐！」這話生效，影迷如奉綸音，乖乖住了腳步。冒犯影后金枝玉葉嬌軀，那可犯下天條呀，使不得。影迷心寵影后，急忙退後，騰出空間。車門打開，跨下一個胖胖矮矮的敦厚青年，滿臉大汗，快步轉身到轎車另一邊，伸手拉開車門，穿着黑套裙、拎住鑲鑽同色皮包、腳踏白色高跟鞋的林黛，笑盈盈地走下了車，高舉右手，向着面前的影迷打招呼。影迷歡喜若狂，高喊：「林黛姊姊，我們愛你，我們喜歡看你的電影！」林黛粲然一笑，剪水秋瞳，如星辰，似皓月，掃在影迷臉龐上，每個影迷心中都不禁叫起來：「噢！林黛姊姊看到我了，眞的看到我了！」（那雙圓眼，眞會說話！）我想起翁靈文伯伯兩年前（五八年）來我家時說過的一番話：「關琦，做明星，如果眼睛生得好，那就一定會紅！」林黛慢步走向酒店大門，矮個子青年緊躡背後。這個青年，就是來日大導演胡金銓！

林黛那天到來，是爲拍攝電懋公司的《溫柔鄉》，導演易文（楊彥岐），出身名門，編劇、作詞家，後當上導演，《空中小姐》是他代表作，挑金舫酒店拍外景，是看中酒店二樓有一個室內游泳池，爲全港所獨有。林黛穿泳裝，跳水台上，展美姿，玉環豐腴，貂蟬嬌媚，如此溫柔鄉，天下男兒哪個不愛躺？溫柔鄉是英雄塚，廢話！

林黛是四屆亞洲影后（《金蓮花》、《貂蟬》、《千嬌百媚》、《不了情》），人人都誇她的《江山美人》如何佻脫靈巧，《不了情》怎的哀怨感人，我獨喜電懋的《金蓮花》，製作不大，林黛演來細緻入微，牽動心靈，因而首奪亞洲影后。林黛多才多藝，能歌善舞，並不純靠外表取悅觀衆，美麗只是她其中一項殺人武器而已。林黛原名程月如，美人胚子卻有一個「和尙」的奇怪乳名，父親程思遠，國民黨桂系政客，長期跟隨李宗仁。四九年，隨母親蔣秀華南下香港，生活拮据，攝影名家宗維賡偶爲她拍了一輯照片，擺在店堂櫥窗，被星探相中，引進了左派長城電影公司的大門。

以林黛的先天條件，當大有機會出任主角，囿於她的右派背景，一直未獲重用。五一年，本來有一部電影《巫山盟》原定由她擔綱演出，臨陣換上李麗華，林黛深受委屈，自殺抗議，幸爲影星嚴俊所救。離開長城入永華，厄運連綿，新晉導演李翰祥爲她度身打造的電影《龍女》拍不成，一時氣憤

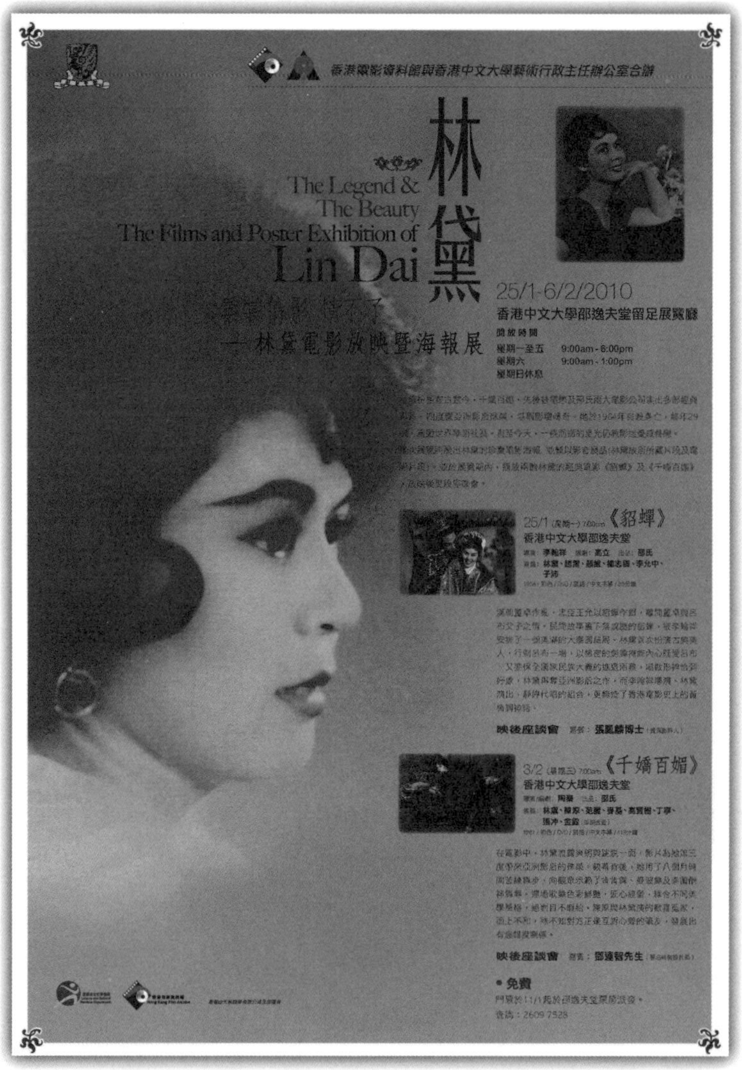

二〇〇九年香港電影資料館舉辦了「林黛文物展」，翌年又舉辦了「林黛電影放映暨海報展」。

再度自殺，無巧不成話，又是嚴俊把她自枉死城救回來。嚴俊實是林黛的恩人，五二年，嚴俊開拍《翠翠》，故事改編自沈從文的《邊城》，大膽起用十八歲的林黛當女主角，純眞笑容，天使臉蛋，一下子爆紅，從此扶搖直上，長期穿梭於電懋、邵氏之間，連奪四屆亞洲影后，風頭之盛，一時無兩。人說林黛代表作是《江山美人》和《不了情》，我不盡同意，我看《不了情》，純是愛聽顧媚姊的絕唱《不了情》。

俗云「事不過三」，確也。第三趟自殺，林黛終命赴黃泉。六二年七月十六日夜，林黛因辭退家中老傭群姐，跟丈夫龍繩動拌嘴，繩動憤而離家，林黛傷心之餘，反鎖房門再不出戶。翌日，林黛被發現吸煤氣、服安眠藥雙料自殺，一代美人，香消玉殞，留下遺書予丈夫——「我死了，你後悔不後悔？」歲月匆匆，林黛離世至今已六十年，龍繩動有沒有後悔？我不知道，我知道的是影迷們都在後悔，每年林黛死忌，都有影迷捧上鮮花，湧到跑馬地天主教墳場林黛墓前，奉花哀悼。花謝花飛飛滿天，紅消香斷有誰憐？Linda姊，我憐妳！

靜靜聽靜婷

雨絲絲，傾訴淚的小雨；風柔柔，飄來千言萬語。歌聲裏，尋回昔日的自己，年輕的我，每夜窩在歌廳，聆聽：「我要你爲明天歌唱　我帶着淚珠切切盼望　我去了我去了　明天的花兒一樣香　明天的太陽一樣光　我要你爲明天歌唱　我帶着淚珠切切盼望　分別了分別了　明天的美酒你獨嘗　明天的歌曲你獨唱　爲了我們明天難相見　此恨綿綿問蒼天　把枕邊細語一句句記在心田　對明天陽光聲聲引吭向前　明天明天　我們在夢中再相見……」每聽到《明日之歌》這首時代曲，總不期然想起方龍驤，方大哥病心，不敵死神，去世已十四年。

六七年，電影《明日之歌》上映，喬莊，金漢、凌波領銜主演，故事不算曲折，演員演來，感情澎湃、絲絲入扣，滿院泣聲。看後，中夜緬懷田夢，垂淚到天明。喬莊出演鼓手蔣松平，深陷毒海，不能自拔。凌波飾新晉歌星

靜婷
1934-2022

蘇玲，深愛之，惹來暗戀松平的歌女白露（沈依）妬恨，佈下陷阱，引起誤會重重，有情人幾乎不能成眷屬……迎合觀眾，電影以大團圓告終，是最大敗筆。電影最令人難以忘懷的是主題曲《明日之歌》，顧嘉輝曲、陶秦詞，那年代的電影，徇觀眾要求，必要配上主題曲，《明日之歌》既有曲、又有詞，誰來唱最好？自然落在首席歌后靜婷小姐肩上。導演陶秦沒找錯人，唱來夜鶯怨天，杜鵑悲啼，聽者心酸。《明日之歌》，原著便是方龍驤，他輕藐地說「這屬酒後遊戲之作」，不意獲得空前成績。《環球出版社》社長羅斌生前告我：「小方爲我寫了不少小說，最可讀的就是這本《明日之歌》。」奇怪的是方大哥並不看重《明日之歌》。我看過原著，羅斌沒打誑，的確寫得不錯，可我總以爲結局倘能安排蔣松平中毒過深死去，蘇玲悲悒自責，情天長恨，愛海難填更好，惹來方大哥罵我是悲情主義者。

許多人以爲靜婷是上海人，吳儂細語地道，卻是四川妹子，郭姓父親當官，家境不俗，四九年來港，生活窘迫，十七歲，黃毛丫頭便開始遊走於港、九夜總會。自尊心強，不欲以眞名示人，遂從母姓席，改名靜婷。靜婷不喜人叫她「席靜婷」，叫靜婷，則深得其心。歌藝出衆，獲邀作電影幕後代唱，先於于素秋的《黃花閨女》低唱《春玉娘》，復在丁瑩主演的《小野貓》裏，引吭高歌《搖船曲》，這時靜婷已薄有微名。五七年李翰祥拍攝《貂蟬》，相中靜婷，幕後代唱林黛。電影上映後，戲中黃梅調歌曲頗受歡迎，牡丹雖好仍需綠葉扶持，李翰祥的《貂蟬》拍得忒好，正是牡丹，靜婷的天籟歌聲，也就成了綠葉。

五九年，李翰祥開拍《江山美人》，林黛、趙雷合演，戲中的《戲鳳》、

《扮皇帝》，轟動一時，靜婷配江宏，絲絲入扣，天衣無縫，大街小巷，人人扮皇帝，人人想戲鳳，趙雷因而走紅，贏得「皇帝小生」雅號，而黃梅調更是紅上加紅。黃梅戲本盛行於安徽安慶，是中國五大戲曲劇種之一，安徽話難聽，香港人聽不懂，照辦煮碗行不通，潮汕作曲家王（孝）純靈機一觸，略在旋律上稍加修飾，並以國語唱出，成了港版黃梅調。靜婷號稱歌后，跟姚莉一樣，從沒學過音樂，問她怎麼會唱得黃梅調這般的好？回道「唷，我根本不懂甚麼叫做黃梅調，王純先生彈給我聽，我就照唱，眞想不到有這麼多人喜歡。」言下之意本是無心插柳柳成蔭。《江山美人》獲頒第六屆亞洲影展最佳電影，李翰祥從此專注拍攝古裝歌唱電影。六三年，一齣《梁山伯與祝英台》，不獨哄動香港影壇，熱潮更吹向台灣，樂蒂、凌波台灣登台，萬人空巷，影迷接踵而至，一票難求。《梁山伯與祝英台》捧紅了原爲閩南語女星小娟，也間接讓樂蒂走向自殺之路（此是後話，暫且不提）。

六十代末、七十年代初，我曾泡於銅鑼灣畔的豪華樓，老闆叢玉峰，爲

數年前與靜婷的合照。

靜婷好友，因而靜婷只唱豪華樓一家。華燈初上，偶隨蕭思樓（過來人），鳳三等海派作家往豪華樓聽歌，過來人每見靜婷，必「大妹子，大妹子」一口的叫，我素知過老闆叫女歌星，不是表妹就是妹子，後來方知靜婷原名郭大妹（姝），過老闆誤爲妹，大喊大妹子。

二零一七年，香港歌迷會在尖沙咀舉辦聯歡會，經靜婷誼子艾力君作介，得識靜婷，穠纖合度，自有傲氣、合照一幅，此卽爲我見到伊人的最後一面。《明日之歌》插曲不少，我最喜歡並非《明日之歌》。那到底喜歡哪一首呢。說出來吧，便是《寂寞》，顧嘉輝作的曲，詞則出自沈華（陶秦），寫得眞眞好，你不妨好好聽聽——「自從你對我說再見 寂寞伴我到今天 要是你存心不回來 臨走爲甚麼留吻在唇邊 自從你對我說再會 寂寞跟我長相隨 要是你存心不回來 臨走爲甚麼流下幾滴淚……」今夜我在靜靜地聽靜婷的《寂寞》（此曲江鷺曾翻唱過，不遜原唱），燕燕呀，請你無論如何在夢中告訴我：爲甚麼？

章三：說文解話

環球文
隱情
黃思騁

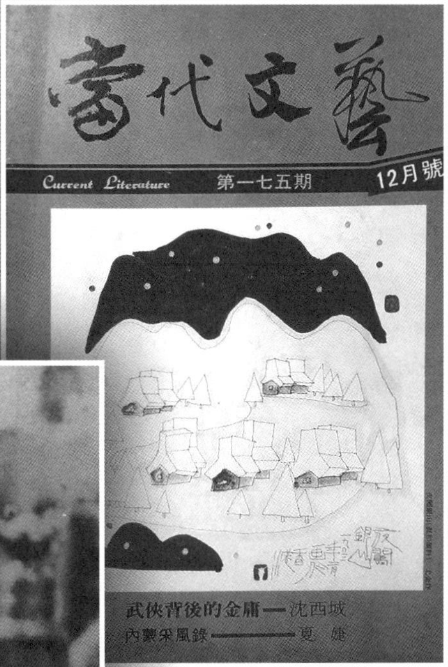
當代文藝
Current Literature
第一七五期
12月號
武俠背後的金庸——沈西城
內藝采風錄————夏婕

我的短暫港聞編輯日子

一九九六年，生活困頓，白天在環球出版社工作，黃昏過後，又得匆匆跑《天天日報》報館。出版社在上環，報館在觀塘，相隔頗遙。下午五時下班，匆匆在附近的茶餐廳，不知味鮮或苦地吃一頓，急急往地下鐵鑽。趕到報館，晚上七時左右，方可喘口氣，喝杯咖啡定定神，靜待採訪主任派發工作。

我怎會跟環球、《天天》攀上關係呢？我自己也「莫名其妙土地堂」。先是環球社長羅斌一通電話約我到百德新街咖啡館，聊他投資的電影，要我幫忙看看劇本，當然沒問題，酬勞不多，幹得愉快。不久，羅斌又給我一通電話，要我當《武俠世界》主編：「沈先生，幫幫忙！」詞懇意切，推不得。這樣，我接替了退休的鄭重，當上《武俠世界》主編，一做二十三年，這是我有生以來最長的一份差使。至於《天天》，更離奇，一趟飯局，認識了《天天日報》總編輯雷競斌（Ｙａ叔），一時戲言，說入不敷支，豈料，第二天Ｙａ叔打電話來，叫我上班。怎麼推？誰教你口快，只好硬着頭皮上班去？做甚麼職位？聽着——「港聞版編輯」！聽了，大大嚇一跳，沒弄錯吧？過去是當過編輯，可都是週刊，身份是老總，選稿、看版，不必理會其他。Ｙａ叔大抵以爲我跟《明報》淵源深，精於編輯工作，一廂情願地讓我當上港聞版編輯，天呀，我吃苦頭矣！

當老總，說易不易，話難不難，主要工作，精選稿件、看看大版、制定方針。港聞版編輯，要我落手做去，我可沒底。今天電話來，後天要上班，倉卒間，想起老部下謝偉耀：「快來，救命！」小謝拿了樣紙，在茶餐廳手把手地教，這樣那樣，越聽越心煩。糟糕了，明天咋辦？小謝婉言安慰：「基本上已可以，臨時『執生』（隨機應變）！」

翌日上班，《天天》報館，工廠大廈一層樓，面積不算大，編輯部兩排長桌靠攏，由東向西，一如長蛇。我對面坐着一個六十歲左右的中年男人，看到我，揚手打招呼，自報姓名區景浩，我管他叫老區（這個老區，我永遠不能忘記他，他是我一生當中少數的一個好朋友）。老區跟我打了招呼，就埋頭工作，原來他是副刊編輯，工作時間下午兩點到晚上九點，所以每天晚上，我們有兩個小時碰頭。

八點甫過，採訪主任分稿，我收到大約六、七通，依據新聞性質編排，重要新聞放頭。那天有一則兒子刀斬父親的新聞，自然放頭條。其他五、六篇，文字有長、短，於是我就依小謝的葫蘆畫版，嘿！葫蘆依足，出來的東西卻是非驢非馬，不成體統。壞了，忙用擦膠抹去，再來一遍，依然非驢非馬。急得通體冷汗直冒，這時採訪主任走到身邊看，急了，抓起鉛筆，裝模作樣地畫，待主任走遠，吁口氣，已是汗濡全身。

知易行難，怎麼搞？怎麼搞？心顫手抖。別怕別怕！救星來了！此人非別，正是老區景浩。老區走到我身邊：「沈先生，你讓我看看吧！」一眼看到我已定好頭條，笑了笑：「行呀！你現在把這段廣告——」指了指檯面上的廣告：「放到左下角，留出來的幾個空檔，就容易處理了！」只見老區這兒畫一下，那裏掃一下，不消多久，就將剩下的五、六段稿子放好！剩下來的工作，就是起標題，這難不到我，很快完成了工作。可不是你畫好了，就可以Sayonana（再見），還要等新聞，在截稿前，萬一有突發重要新聞，還得挪換。等待是漫長的，挪換更是間不容髮，哪容你喘氣？老區早下班了，旁邊的另一位編輯陳松偉兄，成了救命稻草，三扒兩撥，替我完成任務。兩星期後，工作大致上了手，我鬆了口氣。

在《天天》的日子裏，給予我印象最深的無疑就是九六年十一月二十日嘉利大廈那場大火警。是夜，我們全體編輯堅守崗位，全情投入，奮戰到底，等待最新消息，然後編稿、改稿，工作至凌晨兩三點方下班。嘉利大廈火警，乃香港歷年來最嚴重的火災之一，共死四十一人、傷八十餘人。另一樁難忘的事，是同年「風之后」李麗珊爲香港取得第一枚奧運金牌。每間報館之前都料到李麗珊有奪金可能，做足功夫，準備爭取第一手資料報道。咱們《天

少婦取車遇劫被困車尾廂
持槍歹徒搶掠後逃去無蹤

老中醫被指強姦女助手
疑涉肉體交易因借不遂

台灣施壓漁民不願租船往釣魚台
保釣成員登陸計劃受阻

弘揚佛法

十野戰發燒友集體遇劫
氣槍被搶三人受傷警拘八疑人

皇家海軍果洲海面截一貨船
搜31部懷疑走私車

五類商業處所加強防火
規定有自動灑水通風系統走火通道

粵劇《張羽煮海》

今日文化節目

《天天日報》一九九六年五月十二日港聞版。（網上圖片）

天》豈甘後人，Ｙａ叔早就派了得力手下，遠赴美國亞特蘭大作好部署，準備搶先訪問李麗珊，不知哪裏出了紕漏，竟讓人截了胡，未能及時追訪李麗珊，報館上層頗有微言，這就埋下了Ｙａ叔日後離職的伏線。

我在《天天》工作的時間很短，大約半年，就下堂求去。自忖眞的不是劃版設計的料子，還是搖筆桿子去吧！近三十多年前的往事，老區早在年前因老人病謝世，松偉篤佛，敲木魚、唱梵唄，他日成佛。Ｙａ叔離開《天天》，轉到《大公報》、亞洲電視都做不長，音訊斷去己久，不知身在何處，他在《天天》很照顧我，除了正職，還讓我寫專欄，好意銘記心中，念之切切！

香港小報奇人阿樂

月滿天，星閃亮，思阿樂。山東男兒，昂藏六呎，雄赳赳，精氣神。人人稱他小報奇人，奇在哪兒？奇在甚麼都懂，上海人說的瞎七搭八，他都能搭一把，而且搭得蠻登樣，初入《明報》，從信差做到《華人夜報》老總，晉升之快，嚇壞《明報》中人，你說奇否？認識阿樂，近半世紀，那時，我們都年少，他肖兔，大我八年，我管他叫世瑜兄。六七暴動，我在旺角珠海書院唸文史系，主任涂公遂，不曾教過我，受業老師是麥霞甫，皆一流學者，我懶惰，學不上甚麼。喜歡翹課，鎮日，操場上打乒乓球，望能一日跟偶像小老虎莊則棟切磋（呸，發你的春秋大夢！）耳邊隱隱有人在罵我。大專學生，窮窮窮！沒零花錢，便想找一點花。新聞系主任陳錫餘喜歡提攜後輩，薦我去上環《新報》做暑期工。

先做校對，體驗一下報紙生涯，爲將來進報館當編輯打個墊。黃昏六點上班，俟凌晨十二點下班。工作很枯燥，天天用毛筆蘸紅墨水在樣紙上打圈尋錯字，圈得頭也暈了。

後來，老總羅邏輯調我下午兩點上採訪部聽電話，下班時間照舊，工資不加。就在那時候，我遇上了阿樂，三十左右，坐在我不遠處，埋首案頭，手不停揮。這位老哥在幹啥？身邊同事輕聲說「他在編報紙嘛！」我一聽嚇了一大跳，編報？咋的一個人？同事回答「你錯了，不是一個人，是一個半人！」我更加奇怪了，人總一個兒，怎會有半個？「一會你就會看到那半個了！」同事抽着煙，悠然自得。眞的，未幾一個青年漢子，跌跌撞撞的撞了進來，揹着照相機向住老哥揚了一下手：「老總，我先去沖印！」哦，這就是那半個。後來才知道伏案編報的是阿樂，而那哪位衝進來的青年叫雅倫方，筆名零零八，兼職，只能稱半個。就是這一個半人，扛起一張叫《新夜報》的報紙，一紙四版，阿樂包編帶寫，雅倫方跑新聞，另外有一個女秘書，管會計，近水樓台先得月，做了樂嫂。

我曾聽錫公說過他工作的《香港時報》，編輯部至少超過五十人，這還不計營業部的同事在內。《新夜報》四大版，內容也很不少，一個半人，能幹出些甚麼？好奇心起，抽起了一張看，嘩！乖乖隆地咚，居然新聞、體育、娛樂，一應皆全。還有兩版是副刊，林林總總，精彩非常，尤其是情色小品，全由阿樂一手包辦，聲色犬馬，教我眼界大開，可最耀目的還是十三妹專欄，跟摩囉經並列，一正一邪格外刺眼，看久了，卻覺得非常的登配。這個十三妹（不是十三姨），文章辛辣無比，得罪權貴，不少報紙不敢發表，日暮途窮之際，阿樂排闥而出，重金禮聘。說也奇怪，自有了十三妹專欄，《新夜報》不獨銷路大增，聲譽也好起來。

滿版枕頭，豈能少了拳頭，怎麼辦？容易容易，阿樂化名「袁鐵虎」，排日敍說香港各大武林門派因緣情仇，武藝孰優孰劣，越寫越得意，終於惹出禍。武林門派，豈容你這個袁鐵虎說三道四？得要會會你這混蛋不可！某日，眞有人摸上報館，指明要拜謁袁師傅。此事可大可小，報館職員推搪說，袁師傅不在這裏辦公。「那那……他在哪裏？怎樣可以找到他？」來人惡狠狠地問。「袁師傅……他……他遠遊去了，不在香港。」「回來通知我，我要跟他比試比試！」來人餘怒未消。「好好，回來我一定告訴他。」職員敷衍着，做好做歹，把來人打發掉。

可別以爲阿樂只是一介雅士，他諳武功，是武術名家李劍琴的徒弟，一手西洋打得出神入法，可身爲文人，不便跟江湖人物纏鬥。於是，袁鐵虎自此遠遊不歸矣。阿樂跑新聞，行中聞名，勤、快、準。李小龍猝死，他覓得第一手資料，揭破李小龍並非死於九龍塘家中，而係倒斃畢架山艷星丁珮香閨，消息發出，哄動全港。意猶未足，偷偷潛進殮房，欲拍李小龍遺容。遂有謠傳「一柱擎天」之說，報紙自此銷路紅火，成爲香港首屆一指的小報王。是美玉必發光，七二年阿樂，自己做起老闆，斥資出版《今夜報》，風光益盛。八二年賣《今夜報》，得巨款，回巢《明報》，九十年代，移民加拿大，

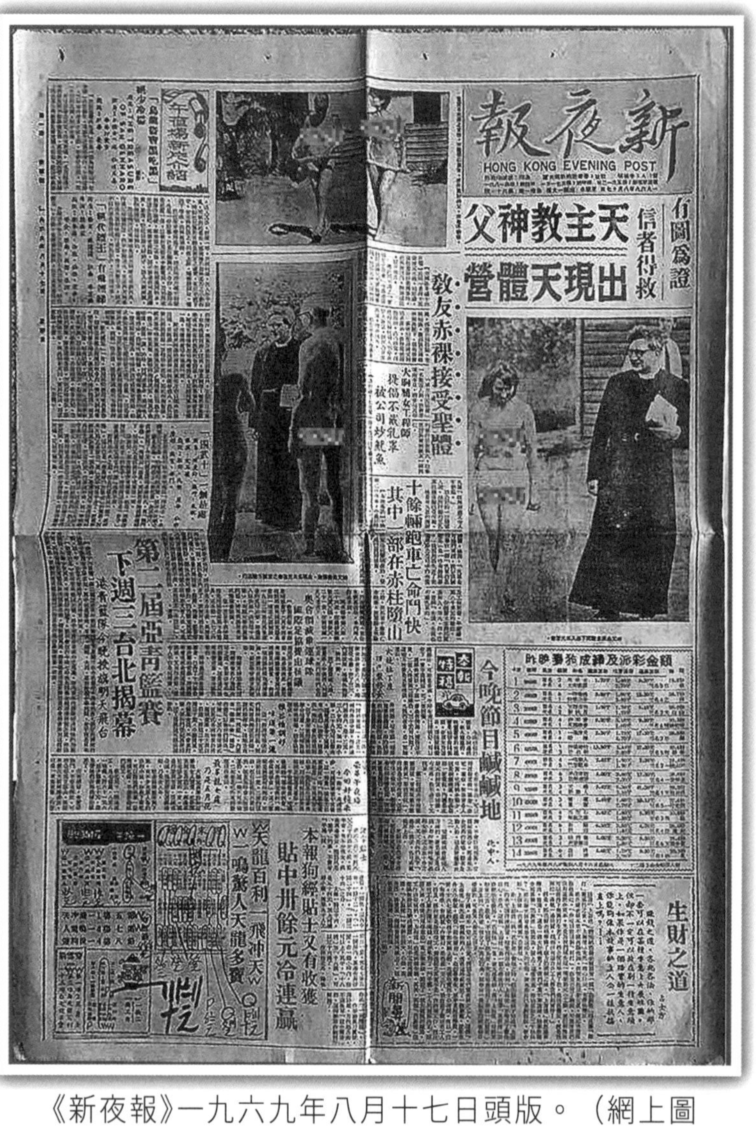

新夜報
HONG KONG EVENING POST

有圖為證

信者得救

天主教神父出現天體營

教友赤裸接受聖體

十餘輛跑車亡命鬥快
其中一部在赤柱墮山

第二屆亞青籃賽
下週三台北揭幕

今晚節目喊喊地

本報狗經貼士又有收獲
貼中卅餘元冷連贏

生財之道

《新夜報》一九六九年八月十七日頭版。（網上圖片）

過其寓公生活。有傳《今夜報》得款一億，嚇煞我，如果是眞，非要敲他一筆竹槓不可。

千禧年後，阿樂回港，喝啤酒時，順便打聽，是不是眞的一億？阿樂險些兒笑歪了嘴：「沈西城，沈西城呀！怎說你的，那個年代怎麼可能有一個億！儂勿要想扁了頭？」「那到底賣了多少？」我學他做新聞，死咬不放。豎起七隻手指，「七十萬？」「不不不，勿要看扁阿樂辦嘎報紙呀！」難道是七百萬？Yes，You are right！果然是加拿大回流，洋洋灑灑，英語出口。來而不往非禮也，「That's great！」放下酒杯，相視大笑。港、加兩地穿梭，年紀大，吃不消，近年回歸香港，栖居陽明山豪宅，洒水種花，繞林而行，妻兒相伴，狗兒追纏，享盡晚福。至於加國寓所，今作度假之所，俗語有云「狡兔三窟」，馴兔嘛，「僅二窟」。

我愛香港報紙副刊

十歲，開始讀報，最愛副刊。小塊文章，光怪陸離，精采紛陳。大作家各展其才，小讀者頻呼過癮。第一張看到的報紙是《星島日報》星期日版副刊，頂端有伍寄萍手繪的《三國演義》，六、七格連環圖，栩栩如生。從中知道了劉關張桃園三結義。劉備、張飛我不愛，只敬關雲長。他是我的乾爹，我眞名關琦，就是他起的。（註：關帝起名，都帶關字）

此話怎講？一九四八年一月十八日，我生於上海，天下大雪，老媽饞嘴，挺着大肚子，非要跟外婆去吃金標阿娘家的年夜飯，吃至一半，腹痛如絞，即送往附近法國慈濟醫院，不到半小時，我呱呱墜地，生得快，性急如火。這個光頭小兒郎，身子弱，不到一個月，百病叢生，衆多郎中急得光跺腳，頭痛呀頭痛！聽了上海外公的說話，老媽、外婆、外公抱着我來到關帝廟，求關帝菩薩保佑。「刷刷刷」，籤筒跌出來的竹籤條子便是「關琦」，這是我的乳名，到了香港，要報身份證，就一直沿用至今。我本姓錢，錢氏族譜上的名字是「國輝」，籍貫上海崇明島，也就是上海本地人口中的崇明阿大（大，音杜），鄉巴佬。

小孩子愛看繪圖《三國演義》外，也有追看《財叔》、《老夫子》，尤其是財叔，屢殲倭寇，我拍掌叫好，孰不料，自己竟是四分一的倭寇！還有《老夫子》，生動詼諧，良有趣味。捧讀二書，通宵達旦，不知日之將至，上課，遂作渴睡郎矣！上了中學，更迷副刊，第一張看得我痴痴迷迷的是《新生晚報》，老派中型報，創刊於四五年，副刊名家不可勝數，有所謂兩「三」一張，卽三蘇、十三妹和張徹。

三蘇原名高雄，魯迅同鄉、浙江紹興人，善寫怪論，針砭時弊；復以文言、白話交集撰寫《經紀拉日記》，道盡低層小民生活之苦。十三妹耿介仗義，爲文刁鑽潑辣，不留情面，名流巨賈視伊爲鬼魅，避之則吉，一

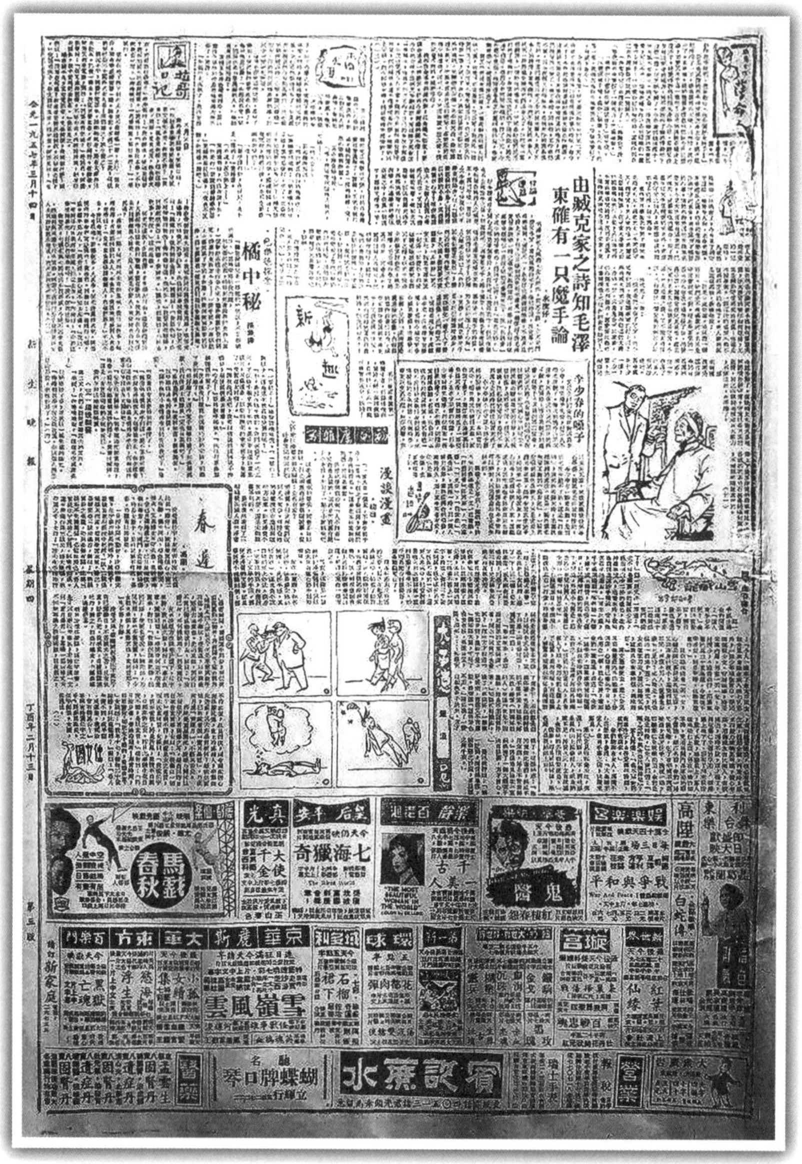
由臧克家之詩知毛澤東確有一只魔手論

橘中秘

漫談漫畫

春遊

《新生晚報》一九五七年三月十四日副刊。（網上圖片）

般小報爭相延攬，馬屁拍足，蓋有十三妹文章，可增銷路。張徹用何觀之名寫影評，怒罵邵氏電影，邵爵士怕了他，請君去邵氏當導演，於是《新生晚報》嗣後再無痛詆邵氏電影的影評。

張徹、高雄，我都有過數面之緣，三蘇叔喜歡看我翻譯的日本推理小說，薦我去《東方》寫科幻小說《憂愁之盾》，三個月給撤了，變成眞正的憂愁之盾。不爭氣，剃了三蘇叔的眼眉。張徹找我寫劇本，也是跟日本有關，引用東洋忍術，拍成《五毒忍遁》，電影上映後，編劇變爲倪匡，有人問：「沈西城去了哪？」答曰：「喝酒跳舞去也！」我乖巧，沉住氣，用劇本費跳了幾場舞，喝了兩三瓶威士忌，治療一下被打擊的自尊。窮文人怎能跟大導演嘔氣！

倒是十三妹，深閨自處不見人，身世隱秘，早年受陳香梅女士照拂，入上海《申報》資料室工作。生前隱居跑馬地奕蔭街，稿子一向有人代送，平日與世隔絕，這光景跟張姑姑愛玲蠻相近。七零年十月二十日《新夜報》

報道了十三妹的死訊，稱「原名方丹的十三妹，痛於本月九日去世」。據報道，十三妹暴斃數日後，方被人發覺。《新夜報》老總王世瑜見多日未得十三妹手稿，從送稿人手上得知地址，前往察看，發現十三妹早已倒斃客廳。張愛玲、十三妹命運相同，都是獨居抱恨終身，所不同者，張姑姑死後文名更顯，而十三妹，今人知者已不多。

《新生晚報》外，我常看《明報》，跟我淵源很深，處男專欄《東瀛怪異錄》初即發表於《明報晚報》，是晚報老總潘粵生約我寫的。當了專欄作家，得意洋洋，膽子大四兩，文思不絕，寫遍明系轄下所有刊物：《明報月刊》、《明報周刊》、《明報》、《明報晚報》、《金電視》和《幸福世界》。不久，我爲《明報》副刊譯寫日本推理小說，於是便能跟金庸、倪匡、董千里、江之南、司馬長風等大家並列一版，輕飄飄，足能化身蝴蝶，傲遊雲海。

兩年前一位小記者提問：「沈大哥，你在《明報》副刊寫了一段時日，你個人認爲誰是副刊的第一把手？」這問題容易回答得很，當然是寫武俠小說揚名海外的查良鏞先生了。可接着的問題讓我抓腮撓耳：「那麼誰是第二把手？」我沉吟一會，答：「有人說倪匡，也有提董千里先生的！」顯然小記者不太滿意，死纏爛打：「沈大哥，到底誰是第二把手呢？」倪、董風格不同，我較傾向董千里，《項莊舞劍》遠超《皮靴集》，以文字論，倪匡萬萬不及。

《快報》名家林立，我也喜歡看，看的是黃思騁，直到現在，我還是那麼說：「黃思騁先生在五六十年代，是香港最優秀的短篇小說聖手。」他有一篇叫做《無膽獅》的短篇，重複看了多次，仍不釋卷。小說寫表弟戀上表姐，這在五十年代，可稱傷風敗俗，黃先生不避諱，秉筆直寫，筆觸的深刻，感情的澎湃，沒一處遜於郁達夫的《遲桂花》。大抵你會問副刊主編劉以鬯的小說又如何？意識流，自說自話，年輕人追捧。日本文壇一段時期也出現了這一類小說，主將是安部公房、倉橋由美子，曇花一現，

黃思騁小說《隱情》，一九六三年，環球出版社。

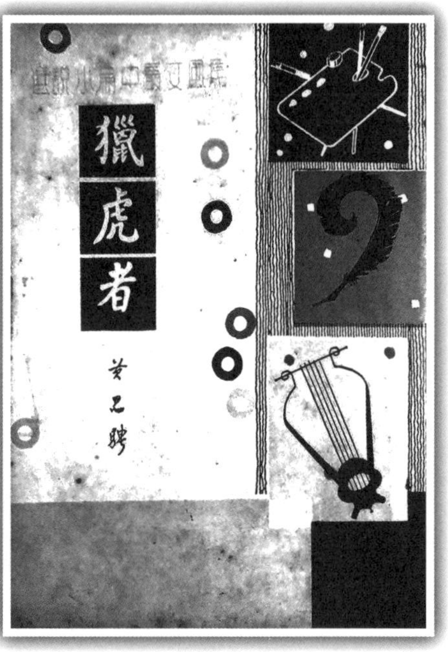

黃思騁小說《獵虎者》，一九六〇年，蕉風出版社。

黃思騁小說《眞實的神話》，一九六〇年，蕉風出版社。

成不了主流。

談香港副刊，少不得《新報》，頭號名家多如繁星，何行的歡場小說、方龍驤的奇情小說、依達的愛情小說、汎卡迪的東瀛怪談都是獨當一面的佳作，看得我茶飯不思，煙酒不沾。今日報紙，數目大跌，副刊乏善可陳，媽媽呀，留給你們看也罷！

從前有本週刊叫《大任》

「二家姐，你上嚟呀！」十歲童的我，站在自動樓梯頂端，向樓下的二姊雪筠高喊。二姊，謹小慎微，有點兒猶豫，遲遲不敢舉步。我又朗聲催促：「唔使驚，你扶住梯柄，嚟咪得囉！」二姊這才望住我笑了一下，扶着梯柄病小心翼翼地上了來。我握住二姊的手：「係咪呀，咁咪得囉！」二姊微微一笑，露出右邊臉頰的梨渦。

那是五八年一個夏日，媽媽帶我們到中環購物兼吹冷氣，行行重行行，一踅至萬宜大廈，我就住了腳，死命都不肯離開。萬宜大廈有着香港罕有的自動樓梯，每到那兒，我都會攀上奔下地玩過個不休。轉眼是七五年年末，北風凜冽，吹面生寒，我又來到萬宜大廈，同樣的自動樓梯，留下歲月痕跡，不同年紀的我，卻有着相異的景況，小時候是來玩耍，此刻是來應徵，我要擔負起家庭的開銷。

昨夜接到孫大姐（農婦）電話，囑咐道：「小葉，你明早十點半去萬宜大廈五樓《大任》週刊找孫先生，我已跟他聯絡過了！」

到了五樓，1、2、3、4……噢！524室，就是《大任》編輯部，推門進去，六百呎不到的地方，放下五、六張木桌子，右邊角落裏，置了一張較大的木桌，坐着一個穿黑西服的老頭兒，個子不高，瘦瘦癟癟，兩頰凹了進去，看來似乎有點兒營養不良。一見我，直喊：「小葉，過來呀！這邊坐！」指了一指旁邊的空桌子，我看一眼，就知道他便是總編輯孫寶毅先生了！

別小看面前的老先生，北平資深編輯，哥哥孫寶剛是八卦遊身掌的掌門人。我懷着敬意，端端正正地坐下來。孫老總輕輕地打開話匣子：「小葉，你的……你的職銜是編輯，偶然也要……也要幫忙當當記者！」記者就是採訪嘛，自問在行。孫老總又說話了：「還有，有時候也要校校稿子，可以嗎？」跡近懇求的口吻。聽了就知道其實我是一個跑腿，那年我方二十八，年輕力壯，扛得起。大約上了幾天班，孫老總要我去訪問金庸，一聽，心花怒放，訪問金庸呀，正是我夢寐以求的事兒，做夢也想不到，如今竟落到我頭上。打小學起，我便開始看《碧血劍》，《射雕英雄傳》、《神鵰俠侶》……津津有味地在堂上、被窩裏偷看，捱了不少老師的間尺、媽媽的藤條。痛歸痛，照看如儀，了無悔改。

到了訪問那天，我跟攝影記者朱漢新兩人，從萬宜大廈出發，乘坐巴士到渣甸山，在一幢三層高的洋房三樓書房裏，見到了金庸，那是近千尺的大房間，鋪着淡藍地氈，恍如一片汪洋，金庸正當上船長，駕着滿載智慧書籍的船在藍海上盪漾。那天，我問了許多問題，起初，金庸回答得有點兒吃力，我機靈，改用上海話發問，哈，口齒伶俐了不少，滔滔而談，我們滿載而歸。那篇訪問題曰《金庸談他的作品》，署名《本刊記者》，發表在《大任》第二十二期，時維一九七六年二月十九日。文章佚失已久，最近蒙黎漢傑君上窮碧落下黃泉，歷盡艱辛覓得，日後自想辦法把它刋出來供諸君瀏覽七十年代一篇蠻有份量的金庸訪問（已重新刊於《鴻雁光影》一書）。

訪問開了頭，孫老總拉住我和阿朱不放，前前後後訪問過不少著名人物，計有徐訏、李翰祥、胡金銓、胡仙、李璜……其中給我印象最深的是李翰祥和胡仙。李翰祥豁達豪爽、學問深藏；胡仙處事公正，賞罰分明。

《大任》人員不多，除了老闆凌志揚、孫老總、我（葉關琦）以外，便是《明報》國際版主編毛國倫、美術家水禾田和攝影記者朱漢新，另外還有一個姓林的會計和雜務阿李。職員不多，大家相處融洽，周刊篇幅不多，寥寥四十多頁，內容不俗，憑了毛國倫之力，拉得著名中國問題專家丁望和影圈前輩翁靈文的稿子，學者徐復觀也偶爲我們供稿，跟我一樣是金庸迷，拍胸說「只要你們登，我就寫金庸，一路寫下去。」可惜咱們不爭氣，《大任》雖不能說曲高和寡，並未能取悅大衆，經濟崩落，撐不下去，夭折告終。最傷感自是扶輪社社員、董事長凌志揚（註：志揚兄長爲凌道揚、乃中國近代

《大任》週刊第 263 期，一九七六年出版。（網上圖片）

著名林學家、農學家、教育家，崇基學院第二任院長及聯合書院第二任院長。九三年逝於美國，享年一百零五歲。）

解散那天，我看到他暗暗落淚。《大任》結束後，同事星散，各奔前程。毛國倫未幾定居英倫；水禾田後往內地發展；朱漢新不知去向；孫老總經農婦介紹去了到別的出版社；我則進了電視台。轉眼四十七年，凌志揚、孫寶毅、翁靈文、農婦、徐復觀皆作古，僅留我和丁望二人，在香港文壇裏，荷戟兩彷徨，而丁望早已是耄耋之年，我也進入古稀，丁望我兄，可還記得你、我、國倫三人在中環 Lindys 共呷咖啡時的光景嗎？人生匆匆，白駒過隙，能在特定時空裏，相處共事，是一種緣份。

徐速一棒打醒我

室內的空氣，有點兒沉鬱，日光管一閃一亮，灼得我暈眩。「葉藍尼先生：你投來的文章並未符合敝刊的稿件取捨標準，故大作未能刊登，敬請鑑諒。期望你日後再能惠賜稿件，不勝忻感。」（大意如此）六十年代末，《當代文藝》編輯部給我捎來這封信。看着，手抖心顫，冷汗濡額，兩日兩夜的心血，就此付諸東流。滿以爲一定能獲青睞，竟然換來毒蛇嚙肌的痛楚。不久前，我在《天天日報》學生園地欄目上，發表了一篇名曰《地慘天愁怒滿懷》紀念林彬（播音員，一九六七年香港暴動期間遭暴徒縱火喪生）去世的文章，明明白白，的的確確獲得沈姓主編擊節讚許，附言鼓勵我多投一些稿。自我膨脹了，目標提高了，投稿去敲《當文》大門，又怎會有滑鐵盧之恨？難道眞的是南橘北枳乎？

想了半天，想不明白。年少氣盛唄，那管你《當文》雜誌不雜誌，三腳併兩步，登登登，蹬上彌敦道金輪大廈《當代文藝》編輯部，一問究竟。接待我的是一位中年女士，儀態雍容，秀外慧中（後來方知她便是徐速的太太張慧貞），聽了我的訴求，微笑道：「葉先生，我了解你寫作的苦心，有哪個作者不希望自己的作品發表呢？我年輕時，也有着你相同的情懷，你那篇文章，經過我們編輯部再三看了後，覺得並不太壞，只是太歐化，字句冗長累贅，看得較爲吃力。」我還是第一次聽到「歐化」這個名詞，有些不知所措。這時，右邊一室的房門打開了，走出來一個胖嘟嘟、矮乎乎的中年男人，我一眼認出他便是寫出《星星、月亮、太陽》、《櫻子姑娘》等作品的作家徐速先生。

那時候正是「看小說，你必要看徐速」的年代，我們一群文藝青年，人人爭看徐速小說，迷得不得了。我揚手打招呼，叫了聲：「徐先生，你好！」徐速便走過來，中年女士跟他耳語幾句，摸明我來意：「原來你就是葉藍尼，

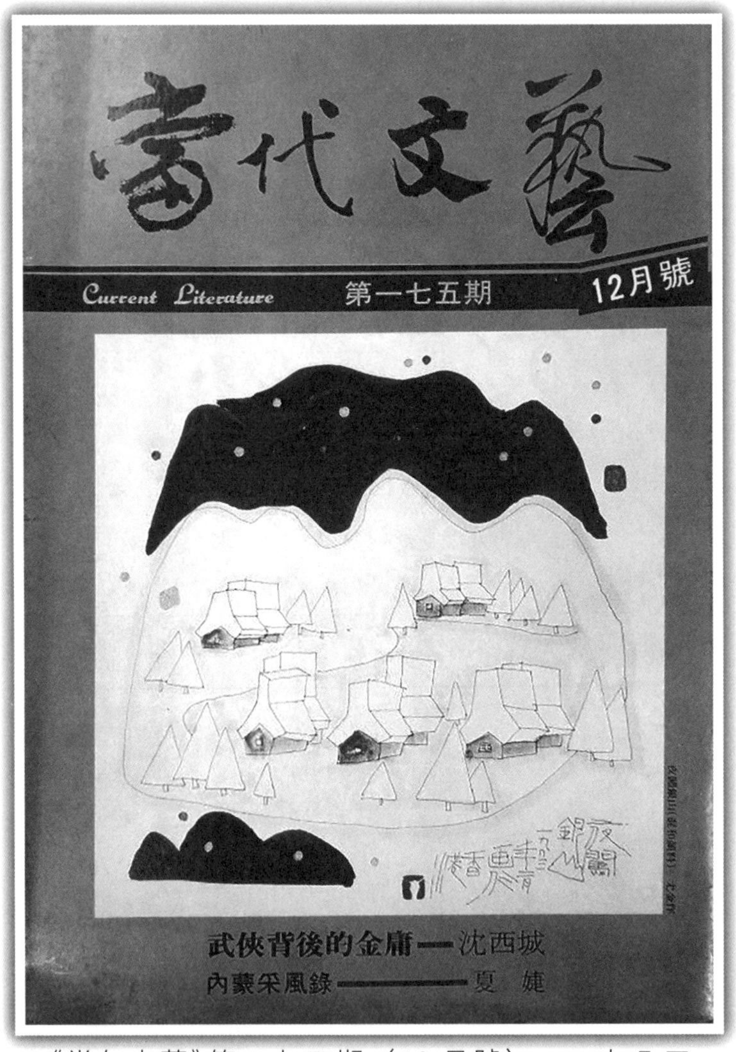

《當年文藝》第一七五期（12 月號），一九八三年出版。（網上圖片）

還以爲是女孩子呢，是筆名吧？」我頷首。「這個筆名很西化呵，你一定很喜歡看西洋小說吧？」我又點點頭：「一點點！」「我看過你的來稿，就知道你很受西方文學的影響，近一陣子，不少青年朋友都喜歡走這條路子。你寫來的文章很有一股濃烈的洋蔥味，可火候還不到家，斧鑿模仿痕跡太多，讀來有些彆扭哩！」徐速淡然地說。我一邊聽着，一邊點頭。徐速續往下說：「我建議你，有空閒時候，不妨多看一些五四時代的新文學作品，像周作人和梁實秋！他們都很棒！」現在想起來，奇怪的是，他並沒有提魯迅。

那年代，我整天跟在也斯（香港作家，原名梁秉鈞）後頭，屁頭屁地，儼然一跟班。他在《快報》寫專欄《我之試寫室》，有了小名氣，成爲咱們小圈子裏的頭領，一切以他馬首是瞻，他去東便東，他走西便西。搞雜誌《四季》，他主張鼓吹拉丁美洲、歐洲文學，我啥都不懂，聽到拉丁美洲，只想到森巴舞、查查舞，乳波臀浪，搖曳生姿，一派得意。氣得也斯責了我幾句，險險要賞我一個爆栗。幸有小克打圓場，風暴始平。

經過開會，決定做一個拉丁美洲小說特輯，由也斯策劃，重點推薦作家馬奎斯（Gabriel García Márquez）。我愚昧無知，大聲問：「是不是馬克思？」又招也斯訕笑：「葉闢琦，你這個人呀，要我怎麼說你，馬克思是德國政治家、革命家，馬奎斯是哥倫比亞、拉丁美洲大作家，他的《百年孤寂》影響了不少寫作人的路線，你可知道？」（百年孤寂？我來到世上，那時已有二十多年，卻也孤寂了二十多年，馬奎斯只多了八十年，有啥了不起！世人誰有不孤寂的？何況那不外乎是小說家之言？）也斯積極推行歐化，徐速的當頭棒喝，讓我覺得歐化似乎不是一條最正確的文學路線。自此，南轅北轍，也就慢慢跟也斯走開了。

山中幽夢既醒，立刻揚帆出海，第二天就跑到實用書局找龍老闆，不管三七二十一，搜購了大半套周作人散文集，翻開看，一股清泉直沁心脾，幽幽冷冷，渾然忘我，眞非外國散文家艾迪生（Joseph Addison）、史蒂爾等輩所可比。捨東取西，我恍然這不是一條正確的文學道路，洋不一定可爲中用，只是吾道獨孤，無人理睬。

近日，看到關夢南兄（香港作家）的文章：「無論日子如何難，總要活下去，而且要活出意義。推廣文藝寫作和閱讀，正是我們可持續發展的目標。我一早已走出純文學的泥潭，面向更廣闊的讀者，尤其是中、小學生，他們是文學的根和活水，有他們在，文學不會衰亡。」夢南專研純文學數十年，忽發此言，足見參透禪機，戳破羅網，天涯路望盡，那人正在燈火闌珊處，沿此途挺進，香港文學或可見曙光。詩人夢南已從泥潭裏走了出來，振翅高飛，欲挽狂瀾於既倒。可那些仍羈留在泥潭裏的同輩，今日又作如何想法？

老舍的七年之癢

五四作家常提及的有周作人、魯迅、郁達夫、沈從文和梁實秋，卻遺留了一個影響我一生至巨的老舍（舒慶春），說眞的，沒有老舍，就沒有沈西城。此話怎講？略敍原委。

五八年，我是小四生，芸芸科目，獨怕作文課。老師要我們寫個二、三百字的小文，我咬破筆頭，耗時久久，也不着五十字兒。鄰桌同學，運筆如飛，有聲颯颯，眼看下課鐘聲將響，怕交不上卷，心一亂，眼淚險險掉下。唉，知道自己實不是作文的材料，還是認命吧！上小五，作文寸步不進，僅合格而已。某日午，忽下雨，不能上體操課，便下樓買零食，走過二樓新張的小圖書館，心血來潮，竟推門入內瀏覽。在一排木架子上看到一本薄薄的小書《駱駝祥子》（奇怪，駱駝祥子是啥呀？）。滿心疑惑，順手摘下來，

看了看，才知祥子是小說裏的主角。滿紙京腔，煞有趣兒，就問老師借閱。回家看了，原來祥子乃一名北京人力車夫，生活困頓，愛情挫折，老舍用深沉帶血的筆觸，描寫祥子畢生的苦難、辛酸，正體現出民國時代老百姓生活上的苦況。

上文說到此書薄薄一冊，可人人都知《駱駝祥子》是老舍的長篇巨著，啥個事短了？原來出版社爲方便小學生閱讀，有意提供節本。很快看完，苦難生活童年嘗透、補釘爛服也穿過，感受至深。對老舍猶生敬意。下堂作文課，老師出題《一個人力車夫的生活》，啊啊，天賜甘霖，思維如飛，一下子存在記憶裏的祥子生活，全給湧了上來，下筆有蠶聲，半句鐘即交卷，哈哈，同學們還在埋頭苦幹呢！作文卷子給發回來，被批全班第一。於是，昔日葉關琦就成爲今天沈西城，感謝老舍老師。

及長，興趣移向散文，老舍幾拋諸腦後。近日上海誼弟周曉風捎來一段微信《槊哥講故事》，長達十五分鐘，盡訴老舍的薄情寡義，看了，心頭一震，眼鏡砸碎，我的啟蒙老師，竟然是這麼的一個人了？眞的嗎？槊哥有話說。

三零年，老舍自倫敦歸，承友人引薦，結識了北京大學女學生胡絜青，絜青長於文才，兩人詩詞唱和，情投意合，很快便締秦晉。婚後，男修食譜，女主中饋，相敬如賓。絜青，典型賢妻良母，誕下二女一子後，困守家中，料理家務，一家五口，樂也融融。三七年，因舞台劇邂逅了女作家趙清閣，一泓碧泉，清清洌洌，引起老舍垂涎。七年之癢逃不過，老舍向趙清閣展開猛烈追求，情信不斷。爲求烘動趙清閣芳心，老舍隱瞞了自己已婚的事實。

那時老舍已憑《駱駝祥子》聞名全國，大作家燒燃着熊熊烈火，哪會溶不掉才女的冰心？才女最終打開心扉，容納一直徘徊門外的老舍。膽大包天，居然攜趙清閣直奔武漢同居，後又赴重慶雙棲雙宿，賢妻拋諸腦後。

四三年老舍母病卒，老舍不曾奔喪，喪事統由胡絜青操辦。太不成話了，越想越氣，帶着兒女，歷五十多天披星戴月的旅程，來到重慶拍門求見，老舍鐵了心，閉門不納。二十多日後方相見，舒慶春已不再是自己的老公，爲了兒女，只好啞忍。趙清閣得知自己做了小三，即拂袖而去。老舍哪捨得，死纏盲打，拉拉扯扯，欲斷難斷。四六年，打美國講學歸，老舍跟妻復合，惟身在曹營心在漢，行屍走肉的模樣兒，看在絜青眼裏，終於絕了念，夫妻情分斷。

六六年八月廿三日，老舍被紅衛兵揪鬥，指他思想不整，道德敗壞，痛毆至遍體鱗傷。老舍拖着殘軀敗肢，回到家來，敲門不應，只好蹣跚地走到北京城外太平湖畔。月色暗沉，秋風不爽，老舍坐在長椅上，望湖興嘆。前塵往事，不住在他眼前晃動，《四世同堂》裏的文字，不期然地在他的腦海浮現了起來——「河水流得很快 好像已等他等得不耐煩 水發出一點點的聲音彷彿向他 低聲地呼喚呢 很快的 他想起了一輩子的事情 很快的 他忘了一切 漂漂漂 他將漂到大海裏去 自由 清涼 乾淨 快樂」。向天嘆了一口氣：「我的不忠呀，終於帶來惡果，報應哪，報應哪！」背着手，一步一步走進湖中，直至滅頂。

湖水掀起漣漪，分成東、西盪開去。很快，湖面平靜如鏡，不見了知名電影導演胡金銓一生最崇拜的舒慶春。他永遠不會知道那年的諾貝爾文學獎早已預定頒與他。他的妻子胡絜青卒於二零零一年，活了九十六年；寫《江上煙》的情人趙清閣終身未嫁，活了八十五載，都比老舍長壽。上天有眼，薄倖作家郁達夫、徐志摩、老舍等皆未得享永壽。

友人周曉風跟趙清閣見過面，有記載云——「趙清閣我很熟悉，一九九一年，由陳沂（原上海市委副書記、宣傳部長）的夫人馬楠介紹，請我多關照關心她，她有一個河南保姆，住在高安路衡山路的五層樓房子裏，那時大約八十歲左右，雖然已經古稀之年，但是那眼神還是炯炯有神，相當儒雅隨和，三十二年過去了，但是當年趙清閣在給我講她和老舍的愛情故事……彷彿就在眼前。」趙清閣不讓照像，周曉風留下了遺憾。

谷崎潤一郎的瘋與癲

芸芸日本純文學作家當中，我獨崇谷崎潤一郎，七三年客寄伊東養病，長日無俚，多看書，除推理小說以外，文學的僅谷崎、芥川二人，常抄在手邊的是谷崎三十八歲時寫的《痴人之愛》，寫自虐、被虐、戀足，日本文壇諸作家，無有出其右者，即便明治文豪金阜山人（永井荷風）亦難望其項背。

那時候，我只讀了不到一年的日語，水平不足，就添購一本《廣辭苑》，遇有不明之所，便參照對讀，摸懂了六、七分左右，餘下來的推敲揣測。不敢說領略小說要旨，大抵相去不遠。小說描摹男人對女人的極度執着，從暗戀、藏嬌、自虐到被虐、折磨，耽溺淒迷情慾氣味貫徹全書，台灣林原君只讀了一章，就再也看不下去。當年郁達夫寫出《沉淪》，在中國文壇，哄動一時，任公掩眼，適之感喟。獨有周氏兄弟不以為忤，知堂謂「此為東洋耽美文學之極致也。」到底經歷過東洋文化的洗禮，對東洋人情自有一種與衆不同的了解。

中秋夜，日友高橋對我說過一番言語——「人之初 性本色」，小說不沾色，淡而無味。谷崎深得其旨，用他的耽美筆觸，肆意描寫男女之間種種有乖人倫的情慾糾纏。世間君子視之爲洪水猛獸，而非道學者則必欣然入彀，自得其樂，我自是理所當然的入彀者。

《癡人之愛》人多以爲出自杜撰，其實是谷崎的自述，女主角直美，實有其人，便是谷崎髮妻千代子夫人的幼妹聖子。谷崎鵠聖子，卻遭遇聖子百般播弄，換是是平常男人，早已拂袖而去，男主角讓治安之若素，百般遷就，萬分糾纏，結局是孤獨一生。小說所寫的情節遠遠不如谷崎眞實人生的萬分之一。谷崎髮妻石川千代子夫人，本身便是藝妓，其姊初子亦爲藝妓，是谷崎的情人，換言之，谷崎本身早已沉淪於不倫之戀，遊走於三個女人當中，看似逍遙快活，悠然自得，實是苦中尋樂，這正是谷崎一生追尋的樂趣，以

谷崎潤一郎與第二任妻子丁未子。（圖片出自芦屋市谷崎潤一郎記念館）

被虐爲樂。

《癡人之愛》前前後後，看了五、六回，所依據者先是「中央公論」出版的文庫本，輕盈巧秀，便於閱讀，後又入手《新潮文庫》，一一對比，分別不大，卻又自得其樂。七四年歸港，興之所至，仿谷崎筆調寫了短篇小說《離散》，刊於《星島日報》星辰版，男女情色，出格之作，爲免觸及禁忌，稍稍曲筆出之。主編何錦玲女史，看得頓足搖頭，頻說「小葉，你眞是離經叛道，大膽妄爲。」我既不讀經又不入道，有甚麼可離叛的？口出埋怨，何大姐還是錄用了，氣魄遠勝那些狗皮倒灶男編輯。

《離散》內容大膽，技巧厥如，是一篇並不成熟的小說，後來又接寫了《遲暮》，便無以爲繼。《癡人之愛》實是日本私小說的濫觴，谷崎耽美文體的自虐小說，由是一發不可收拾，編輯成系列，有《春琴抄》、《細雪》、《鍵》，而綜合成大者、就是晚年所寫的《瘋癲老人日記》。

我初看這本小說，在八十年代一個秋日的下午，獨個兒坐在公園的綠色長木椅上，小心翼翼，一字一字地看。夕陽西下的一個老人，年華早去，殘軀弱體，自尊盡失，不敢攬鏡而照，臉上的皺紋，是心中的蚯蚓，鏡中怪物竟然是自己，啊噢！八十年代，我方四十，老人心態我難明，今年，我正到了谷崎撰寫《瘋癲老人日記》之齡，就更能明白谷崎內心的痛苦。我跟他一樣，不敢照鏡子，晚上只能對牆私語。一燈如豆，搖晃不定，只剩下我一人枯坐，世界早已荒涼了。老人在生命將盡之時，對女人作了自己的註釋：「即便是壞女人，本質也不能顯露在外，壞得可愛是必要條件，壞也有程度之分，有偷竊、殺人者，雖然招人恨，也不能一概而論，即使我知道她是專門哄騙男人睡着後，偷竊的女人，反而更會被吸引。明知她是騙子，也難以抗拒其誘惑的……到了我這歲數，不會有甚麼特別的艷遇了，如果現在我面前出現阿傳（明治年間毒婦，美艷絕倫，男子靈魂盡被伊奪。紅顏薄命，存活僅廿九載。）那樣的女人的話，被她親手殺死，才是最幸福的。與其像我現在這樣活受罪，不如乾脆被殘酷地殺死爲好。我之所以愛颯子（媳婦）也許正因爲她身上有我找的那種幻影。」一言蔽之，老人喜歡壞女人。

打五八年起，一路到六四年，谷崎六度提名諾貝爾文學獎，六四年，《瘋癲老人日記》已觸及得獎邊緣，可惜爲一個橫蠻無理的女評審公然反對，理據是「過於性虐（ＳＭ）」，老人落選，翌年七月，老人含屈離世。越三年，六八年，川端康成獲頒諾貝爾文學獎，日本文化界大多認爲這是諾貝爾評選委員有愧於谷崎先生，因此頒獎川端，作爲一種彌補吧！

今夜斗室中，愁思深蔽，借燈重看《瘋癲老人日記》，又是一番感觸。老人跟颯子的情慾，糾纏，於我似曾相識，難道我早已成爲了《瘋癲老人日記》裏面的那個孤寂的卯目老人嗎？斗室的燈，是寂寞的燈！

翻譯：一二八戰役目睹記

翻閱舊物，發現一篇未完成的譯文，那是日本記者森山喬一九三二年上海一二八戰役的回憶。

近日翻書篋，清理舊物，那一大堆日本雜誌，疊起來，高丈餘，整理非常耗時東檢西搜無意中發現了一篇未完成的譯文，夾雜其間，原稿附有用萬字夾釘着的一份剪報，一看，乃來自一九七五年十月三十一號的《朝日新聞》，作者是《朝日新聞》駐上海特派員森山喬。我想譯文當是應某雜誌所邀、動手翻譯，然則爲何半途而廢？如今已不復記憶。重新再讀一遍，慨萬千，認識的日本朋友當中，如今都是古稀之齡，每談到中日戰爭，總是語焉不詳，顯然是想逃避這歷史事實。不彈翻譯舊調久矣，趁住力尚未衰，把文章後截翻譯出來，填補未完成的夢。森山君的文章，作詳實報道，不偏不倚，讓我意味到日本人當中，肯面對現實的人，大有人在。通過森山君這篇回憶小文，大抵對當日戰爭的實況有一定的了解。

昭和七年（一九三二年），在上海的日本陸戰隊與蔡廷鍇所率領的十九路軍，發生衝突，上海事變遂爆發，然而，它的發端，迄今仍是個謎。日本方面聲稱十九路陸軍首先開火，中國方面則說是日本陸戰隊故意挑起事端（事實上，上海不少地區在事前已經發生過無數中日糾紛），雙方互責，危機一觸卽發。十九路軍自從滿洲事變發生之後，激烈反日，令當時的情勢更呈複雜。一月某天，我（森山）上夜班，下午三點鐘左右，回到大阪的《朝日新聞》社，部長已在等着我，命令我趕快乘坐長崎的長崎丸（船）到上海去，因爲在上海，陸戰隊跟中國軍已打了起來。立刻收拾行李，離開大阪，直奔長崎。坐上九點左右開船的長崎丸。第二天下午四點鐘左右，便到上海。船至吳淞

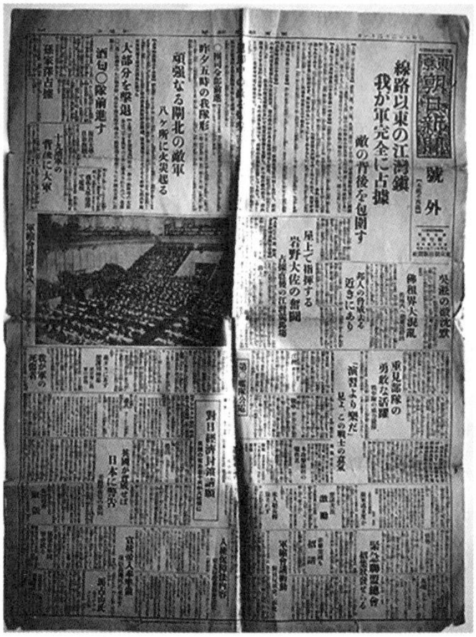

東京朝日新聞
號外
線路以東の江灣鎮
我が軍完全に占據
敵の背後を包圍す
頑強なる閘北の敵軍
八ヶ所に火災起る
大部分を擊退
屋上で指揮する
岩野大佐の奮闘
佛租界大混亂
勇敢な活躍

朝日新聞「第一次上海事変号外」，
一九三二年二月廿一日刊。

口附近，分社的尾崎秀實（名記者、共產主義者，同情中國）趕來接我，碼頭上還站着幾十個背着交叉帶子、配上日本刀、由日僑組織起來的自衛隊，虎背熊腰，殺氣騰騰，令我不寒而慄。

上海市民自從有了滿洲事變，對日本的憎恨更形激烈，因此發生了排日事件，日中關係變得並不和諧，在上海的日本人，尤其是分散在各區地的日僑，生意做不下去，再加上有煽動者從旁點火，日中關係日益惡化。

有不少激進份子，要求日本政府向中國政府施壓，他們結隊闖進總領事館，要求懲罰中國政府，取締排日，陸戰隊的神經因此緊張起來。在另一方面，中國也採取行動，由蔡廷鍇率領的十九路軍，包圍了上海。十九路軍是一支戰鬥力十分強大的軍隊，而日本陸戰隊當時只有數千人，形勢上處於不利，不免驚恐。上海日僑那時僅有一、兩萬人，其中有許多男人以及部份婦孺已撤回日本。至於有關上海市面的新聞來源，大都是從總領事館，或日本人俱樂部出入的人們身上得來的，無論怎樣，主線還是來自介入戰爭中的陸戰隊總部。陸戰隊的司令部在北四川路的北面盡頭，新公園前面的總部大廈裏。那時，陸戰隊沒有規定甚麼時候發表戰情報告，在總部大廈的二樓角落的一個小房間，聚着十來個不同報館的新聞記者，靜靜守着副官不時傳來的戰況，記者中，《朝日》、《每日》兩大新聞佔有兩、三人，統計起來不會超過十八位，我是其中一人。大概十一點鐘左右，副官鐮田便會上來報告戰況。這時候，房間裏的記者通常都不會多，我們聽到消息，就立刻趕回分社拍電報到日本去。

從陸戰隊總部踱步到分社，大約有三公里路程，大半條北四川路，只有馬路才是租界，西邊因爲打仗關係，早已變成廢墟，通向中國那邊的馬路早被用鐵絲網封鎖起來，附近設有陸戰隊的哨崗。打北四川路到西華德路，即是月明之夜，也怕會遇到中國便衣隊的襲擊，如果是沒有月色的晚上，這兒更是罕無人跡。長長的馬路上，只響着我跟尾崎的鞋聲，走着走着，數呎之外，突然會響起哨兵盤問的聲音：「是誰？」我們立刻回答：「《朝日新聞》。」他們就說：「過去吧，注意安全！」於是，鞋聲又響起來，直響到分社門前。

我有一段很長的時間在那兒往來的趕新聞，如今回想起來，眞是感慨萬千。深夜時份，許多時都有中國方面打過來的砲彈，落在日本人住所，釀成火災。一二八戰役後來從北四川路蔓延到閘北去，在那裏膠着。結果由英、美等國從中斡旋，設立緩衝區，戰事始告終。

附記：說來奇怪，一篇四十七年前未翻譯完結的舊文，今日方始補滿。所記者是日本記者森山喬眼中的中日一二八戰役。文中，夜裏行路，皮鞋敲地，咯咯發響，意境荒涼，頗觸我心。九八年，隔別上海四十五年，重履故土，夥同女友小王，從四川北路，一路走到魯迅故居，沿途景物大易，人事全非。而今，中、日關係雪上加霜，未知何日方得和諧，良可嘆也。

誰是日本推理小說鼻祖

一九七三年，秋陽照半天，一片通紅，旅途的愁緒，寂寞的心弦。在東京久我山一幢兩層和屋地下偏廳，正坐着兩位男人，其一白底藍點和服，嘴角叼着一根幼長日本煙桿；另一鵝黃樽領毛衣，外罩棕色燈芯絨外套，蓄着不長不短頭髮。晚秋客來酒當茶，兩人面前的木几上，置着數瓶清酒，輕輕地話語，柔柔地微笑。和服男人舉目向窗外一瞧，口中唸起俳句——「秋風颳起，紅葉落地，是楓樹的葉子嗎？」我不懂俳句，可喜歡得緊，尤其是小林一茶的「那個哭着要我帶走月亮的孩子」，至今還常掛在嘴邊。

穿和服者名中薗英助，是日本間諜小說第一人。那年秋天，我遊學東京，承竹內實教授之介，造訪中薗君，主要是詢問戰時他在北京八道灣晤見知堂老人的事。聊呀聊，歪向了推理小說的討論話題。推理小說日本堪稱大阿哥，連美國也得甘拜下風。縱然中薗君主打間諜小說，對推理小說也頗有認識，問我喜歡哪一位日本推理小說家？當然是松本清張，七二年夏天，在伊東半島養病時，便啃了不少松本先生的作品。「葉君，你喜歡他哪一部小說？《點與線》？」《點與線》確是傑作，不過我偏嗜的是《影之車》。中薗頗爲吃驚，這眞是出乎他意料外的回答，《影之車》寫一個中年男人對戀人的幼子心存恐懼，理由是小孩眼睛裏的反應複製了他童年時代的一樁私隱。

正待說出喜歡《影之車》的原因，中薗夫人推門進來，送上熱騰騰的叉燒拉麵。中薗笑道：「葉君，吃口麵暖暖肚子喲！」的確餓了，呼嚕呼嚕地吃了大半碗，又呷上兩口清酒，聽中薗再往下說：「你可知道日本推理小說的鼻祖是誰？」我一想：松本清張雖是推理大師，出道已在五十年代，絕不可能是鼻祖。這時中薗嘴角透出微笑，在敏感的我看來，那似乎是對我的輕蔑。（那可不行！）想了想，一口氣喝了一小杯清酒，酒精刺激的關係吧，忽地一個想法橫空冒起來：「我想——應該是明治時代的黑岩淚香吧！」

此言一出，中蘭歎了好一陣子，拍腿道：「葉君呀，了不起，了不起哪！」那時候我認定了黑岩淚香。（人老而精，今仔細盤查，才發現日本推理小說的始祖竟是江戶時代的官能小說大家井原西鶴，他所寫的《本朝櫻比事》官府審案小說，取材自宋朝桂萬榮編的《棠陰比事》，乃日本偵探小說之濫觴。）中蘭舉起酒瓶替我添酒，禁不住興奮，藏在心裏關於推理小說的資料，一下子傾囊吐出：黑岩淚香是明治時代的學者、文學家、推理小說家、翻譯家，他的推理小說我只看過一小部《悲慘》。放下酒杯，抹了一下嘴邊的酒滴，歎口氣：「可是中蘭先生呀，黑岩的文字帶文言氣味，我實在看不太懂哩！」

「哈哈哈，那當然，黑岩老師的日文很多人都看不懂，你只唸了一年多的日語，能看一些，已不容易！」聽得這樣的誇我，骨頭頓時輕四兩，大口炎炎，滔滔不絕。中蘭往下說：「我這裏有一本日本推理小說發展史，不知

黑岩淚香照片，出自維基百科。

擱在哪兒了，不然送給你這個知音看！」於是中薗口述，我默記。

按照中薗說法，推理小說是黑岩淚香、夢野久作和小酒井不木等人引進日本，初時僅作翻譯，黑岩淚香率先翻譯不少外國小說，其中最知名的便是《法庭美人》和《幽靈塔》。我對日本人的英語水平，向來不大放心，我的日語老師山本伊津雄，學問頂呱呱，一說英語就不靈光。中薗同意：「日本人的英語，自然不如來自香港的葉君，說是翻譯，倒不如說改編來得適合。」這時我才弄清楚黑岩淚香的翻譯是rewrite，近於中國的林琴南，稍有不同者是林琴南道聽途說，放筆作之；黑岩則依照原作改寫，盡可能切合原意。

黑岩淚香之後，有了大正的江戶川亂步、橫溝正史，開啟本格推理小說之道。昭和時期，出現了松本清張、森村誠一等社會推理派大家，從此社會推理派一統武林。八十年代後期，社會派的推理小說漸漸進入瓶頸，眼看不濟，途窮又見光彩，忽地冒出島田莊司這個大家，一部《占星術殺人事件》挽救了幾陷絕境的社會派推理小說，奇巧的橋段，優美的文筆，盡虜所有推理迷。九二年松本清張去世後，島田莊司順理成章成爲新社會派推理小說大神，並培養出三個徒弟：綾辻行人、二階堂黎人、京極夏彥。三人中以綾辻最得島田眷顧。至於京極夏彥，九十年代末，我在銅鑼灣三越日本書籍部跟他打過交道，標榜鬼怪魑魅，風格近乎夢野久作，卻稍有不如，揭了一章，實在看不下去，只好讓它躺回書架上，等待它的伯樂。

九十年代後，毋庸多言，自是東野圭吾的世界，《白夜行》、《嫌疑犯X的獻身》、《流星之絆》瘋魔了兩岸三地，我也算得上東野的讀者，卻非本本都看。可幸近年香港推理文壇，並不凋零，至少出現了譚劍、陳浩基等作家，前者以一本《姓司武的都得死》膾炙人口，後者更以《遺忘．刑警》奪得第二屆台灣島田莊司推理小說獎，聲名大振。但這只是開始，成績還不足夠，祈願將來會有更多的推理、科幻小說作家湧現，不讓鄭炳南、倪匡等老作家專美於前，雛音尤勝老聲。

章四：雜話人生

新都城酒樓夜總會
Metropole
RESTAURANT & NIGHT CLUB

矢口書店
矢口書店

父子同心抗風記

六二年，我十四歲，在慈幼中學唸中二，八月卅一日上午，天文台敬告市民，颱風溫黛將來襲。下午四時，懸掛三號風球示警，天文台預測溫黛大姐來勢兇猛，百年一遇，可香港人慣見風浪，掉以輕心，醉心出門找樂子：看電影的，看電影；搓麻雀的，搓麻雀；上館子的，上館子，官字兩個口，說話不算數，豈能當一回事？我那位號稱「緊張大師」的老爸，跟常人一般地，黃昏時，獨坐涼台，喝可樂、抽煙斗，悠悠閒閒，不知風將至。平日裏，工作忙，工作太專注，手下吃不消，暗地裏叫他「香港緊張大師」以別正宗英國緊張大師「希治閣」（Alfred Hitchcock），略遜少許，去了「各」，叫「希治門」。既然希治門不緊張了，我緊張嘎啥！

九月一號早上六時，天文台突然掛出十號風球，溫黛大姐將在當日上午，直襲香港。這一來，老爸緊張了，指揮女傭卿姐在窗戶門上黏闊條膠紙，大門、窗戶緊閉得嚴絲密縫。十點左右，窗門蓬蓬價響，雨水穿窗而入，風雨滿樓。卿姐搬動粗胖手腕，扭了幾條乾毛巾，抹在窗門上。螳臂擋車，不管用，風雨猛如虎，窗門擋不住，入水如急洪。希治門作虎吼：「阿卿，快拿大膠桶來接水！」

卿姐立忙提大小水桶趕來，嬌生慣養的老媽看得我們如此狼忙，趕過來援手。老爸獅子吼：「陳美珍，你一邊去，好好坐着，別添堵！」老媽快快坐回沙發上，鼻子噴氣，抓起瓜子嗑（老頭子，甚麼時候這般兇過？）。老爸希治門、兒子小頑皮、女兒嬌滴滴、女傭肥卿卿，心連心、手拖手，齊齊迎抗如狼似虎的溫黛大姐。

嘭嘭嘭，風吹得窗門抖動，雨灑得房內遍濕，咱四人，吸水、接水……忙個半死，努力屬徒然。十二點鐘，香港電台宣稱溫黛時速達一百三十三公里，老爸一聽，喊起來：「陳美珍，我在香港這麼久，從來未遇到過這

溫黛襲港，在筲箕灣受損的實況。一九六二年照片，出自香港政府檔案處。

麼大的風啊！」

情況嚴峻、形勢危殆。老爸跟我四手緊握窗柄以防被風奪去。卿姐手上接水的膠桶，一桶接一桶，應接不暇。緊張歸緊張，希治門嘴角仍舊叼著煙斗，煙火乍閃乍滅。老媽發火了：「葉宗芳，甚麼時候了，還顧着你的煙斗！」比獅吼更管用，老爸乖乖把煙斗遞給我。嘩，好燙！手心一熱，幾乎掉落地上。若在平日，這還得了？必挨一頓臭罵。非常時期非常反應，緊張大師全心對抗惡婆娘溫黛，赦免小兒郎。

風不停，雨不止，莫奈何！老爸跟我抓着窗柄足有一小時，肩瘦手軟，溫黛大小姐無丁點兒憐憫，惡婆娘！咱父子倆鐵了心，撐下去！電台每五分鐘報道颶風去向，風勢有增無減。咱四人的心直往下沉。

這時候卿姐高八度的嗓音響將起來：「老爺老爺，牆頭裂開了！」老爺一聽幾乎跌倒，原來中間房間內牆開始出現裂痕，足三吋長，像一條蜈蚣。不得了，建築老闆希治門熟悉樓房結構，一髮動全身，萬萬裂不得，徬徨中，無計可施，只能用手撐着。一老一少，四隻手，一起頂住那堵牆，不讓它倒下。長鬥耗力，疲備不堪。形勢岌岌可危，老爸額角沁出豆大汗珠，我心亂如麻，暗禱：「關帝菩薩，我的乾爹爹，你可憐見，幫幫咱倆父子吧！」

這時候，卿姐滿臉驚恐地，拖着厚厚的背脊擋住房門，二姐黑西施，起而代之扭乾毛巾堵塞窗縫。哎喲，乾爹顯靈了，風漸止，雨早歇。這時候老媽天良發現，屁顛屁顛走過來要幫一把手，老爸雙眼圓瞪：「幹甚麼的？一邊站去！」平日母儀全家的「武則天」給「唐高宗」一喝，居然乖乖聽命退了下去。

午後，風球轉向，我跟老爸吁了口氣，鬆開雙手，這才發覺雙腳麻痺，雙手沾寒，父與子雙雙癱瘓沙發上。老媽獻殷勤，拿起煙斗，裝上煙絲，點了火，送到老爸嘴邊，狠狠抽了兩口，臉上換上微笑，疲勞盡消。老子享溫柔，兒子無人憐。天哪！

溫黛襲港，造成一百三十人死、三百八十八人傷、一百零八人失蹤，並締三項紀錄：最高風速、最高陣風、最低氣壓，至今未破。溫黛香消玉殞，老爸落下了一個恐風症。嗣後每遇風來，老爸「希治閣」上身，夙夜不眠，耳貼原子粒收音機，收聽風向轉變。無論「武則天」如何罵他「唐高宗」，亦不爲所動。忍不住罵：「葉宗芳，你這樣下去，總有一天死於颱風！」

一語成讖。九三年九月，黛蒂來襲，八號風球高高掛，老爸嚴陣以待，一早做好防風措施。未幾，風走了，安妥了，豈料，頑風回頭再來，老爸嚇破膽，親自動手把卸下的防風板，急急再裝上去，一頭冒汗，站在老媽面前拭汗。老媽着他去睡，答道：「我不累，睡不——」還未說完，軀體倒地，沒了呼吸。

今夜，蘇拉來襲，兒子只能單憑雙手對抗了。爸爸，你能幫幫我嗎！可恨的風，思念的人！

平安夜思倩影

聖誕節，重要的日子是平安夜，那是不眠之夜，年輕男女縱情聲色，喝酒狂舞，於是吵罵、打架，少女失身，恆常事兒。平安夜，不平安。親友阿B當警察，告我平安夜，必接到少女報案，遭人迷姦，遂告戒一衆表妹們千萬小心，一失足成千古恨。這可是五十多年前的觀念了，如今出了事，服事後丸，至少不會留下孽種。時代變，舊觀念已脫枷鎖，女人還怕男人作啥？逢場作作興，根本無所謂給人佔便宜；新潮女性還會說彼此happy、彼此享受，有何不妥？其實，女人要失身，何須等到平安夜，找個週末夜，到蘭桂坊、諾士佛臺，痛飲一番，迷迷糊糊，便可遂願。

對我這個老人來說，聖誕節早失去了光彩，沒人會送我禮物，跟我一樣是老人的聖誕老人，只一逕地眷顧着兒童，長有鬍髭的我，大抵已掙不到聖誕老人的垂憐。

可在我年輕時，聖誕節是十分重要的節日。六十年代初，我剛唸中一，一到十二月，同學們都已無心上課，老師在講台上授課，台下的我們把它當成耳邊風，不住交頭接耳，商討平安夜到哪兒找樂子。還是少年嘛，沒賺錢能力，去不到酒店吃聖誕大餐。我家對面那家皇后飯店，平安夜大餐要十二元，怎吃得起！就是北角道轉角的溫莎餐廳，差了一個檔次，也要七元五角，我們這群慘綠青年，只好望門興嘆。

葉家媽媽，五十年代中期還是大美人，平安夜總會打扮得花枝招展，陪葉先生往夜總會狂歡。我家斜對面，近北角電車總站，是都城酒樓夜總會，平安夜，子夜鐘聲響，老闆黃瑞麟扮聖誕老人，向來賓派發禮物。葉太太帶我去過一趟，胖嘟嘟的黃老闆穿着大紅聖誕袍，掛着白鬍子，揹上大布袋，拿出禮物，一一派送，丹琪阿姨在身邊高歌 Jingle Bell，人人舉杯對飲，紳士淑女翩躚起舞，氣氛高熾，熱鬧非常。音樂一奏起方靜音的 Banana

新都城酒樓夜總會宣傳特刊小冊子，七十年代出版。（網上圖片）

Boat song，葉太太就被人搶去跳喳喳（Cha-cha-cha）了，葉先生不耐寂寞，也就請Devoy的金髮太太大跳牛仔舞，勞燕分飛，各自快樂，迨回到家，葉太太興師問罪，葉先生反唇相稽，你一言我一語，越炒越烈，幾乎演出全武行，這時寧波丈母娘出台了：「吵嘎啥西（吵甚麼）？人家不用瞓覺？」老外婆發威，葉先生、葉太太猶如鬥敗公雞，手挽手進睡房，一覺到天亮，來到餐桌旁：「宗芳，快點吃碗泡飯！儂肚皮餓嘞！」「美珍，儂先吃杯牛奶暖暖胃！」火氣煙消雲散。

少年作興開派對，我唸的慈幼學校是有名的和尚學校，沒有尼姑，惟有外求。偵騎四出，狩獵美少女。眞光的尼姑美少女不少，同學表姐貝琪，雙腿修長纖幼，一揮手，引來一大班美少女，可一間眞光，塡補不了我們渴切的慾望，於是找到聖璐琦書院的女學生，都是女貓王安瑪嘉烈的女徒，穿上窄腳褲，鬆身毛衣，跳起阿哥哥（A gogo），上抖下墜，性感迷人，冬天不是讀書天。有個叫咪咪的少女，十四、五歲左右，發育好，膽子大，沒戴胸圍，跳起來……噢，我的媽！青春年少，心猿意馬，只好靠喝冰凍可樂來靜心。咪咪雖膽大，還不如格致書院的格雷斯，十五、六歲，卻有少婦的濃馥風韻；庇利羅士女子中學的最美少女佩蒂，戴金邊眼鏡，乍看像老師，跳起牛仔舞來，狂如野貓，活似靈蛇。

我的舞伴叫 Pinky，跳完阿哥哥，復伴我跳慢步舞 Over the Rainbow，汗味混着少女體香，唷，色不迷人人自迷！派對有得吃，簡簡單單一塊蛋糕、一杯汽水，數目全由男士分攤，誰稀罕這幾塊錢，只要有派對，花得值。大家都是男女學生，不能夜歸，十二點後，便得回家。月色底下，儷影雙雙，我送 Pinky 回家。走過長長的英皇道，趦入燕子道，看着她開了鐵閘上樓去，窈窕倩影至今仍刻在心版中——「你不要對我望，暗淡的燈光，使我迷惘……」

同學大宅開派對

開派對的地方多是同學家，溫德華住在百德新街，舊房子客廳大，就成了舞池。曾文穎出身豪門，家住冬青道大洋房，下層花園，上有天台，曾伯母好客，除了蛋糕，尚備有雞腿、沙律、牛扒……因而曾同學開的派對最受歡迎。派對的音樂全來自黑膠唱片，清一色外國流行曲，快節奏是披頭四、奇里夫李察；慢的大多數是康妮法蘭西絲和貓王皮禮士利（普雷斯利），全盤西化，《夜來香》、《何日君再來》不列門牆，罪過罪過！

中學畢業，沒有再去派對，平安夜、聖誕日，代之而起是去親炙舞廳。同樣是女人，味兒不同，柳媚花妍，鶯聲兒嬌，山眉水眼，盈盈淺笑，血氣青年，豈能自禁？由是五十多個平安夜，作爲舞伴的，桃紅柳綠，燕瘦環肥，數之不清。剛過去的平安夜，老人坐在客廳，望着茫茫吐露海港，當年那些跟我相擁抱、相偎傍的嬌嬈，此刻都去了哪？忘不了，忘不了，忘不了你們的淚，也忘不了你們的笑！笑聲淚影中，老頭淌淚。

冷冷小年夜憶亡妻

我拄着拐杖，獨個兒在黑夜的北角馬路上蹓躂，天寒地冷，溫度十度，纏着圍巾的脖子，抵不起寒氣，起了雞皮疙瘩，我不住哆嗦。這麼晚了，爲何還要獨行？年近小年夜，是亡妻忌辰和生日，那年頭，每到她生日，我總會跑去華豐地下零食部，買她喜歡吃的酸薑和黑瓜子，然後信步至新都城百貨公司，購買生日禮物。在二樓女裝部，她總會聚精會神地挑選，可不是挑最精美的衣服，而是專揀價廉物美的套裝。去世前兩年，我剛拿了一筆版稅，一萬元左右，想讓她有一個愉快的生日，心裏盤算着給她一個意外驚喜。早兩天，我就在新都城看中一襲意大利皮夾克，決定買下來送她。

那是黑色的皮夾克，企領子，裏面裹羊毛，售貨員小姐說夠暖和，能抵寒防雨。她看了一眼，又摸了一下，高興地笑起來。我吩咐售貨小姐把它包起來，可一看到價値四千五百塊，臉色驟變，拉了一下我衣袖，低聲說：「老公，不要買了！」爲啥？我狐疑地問：「嫌貴嗎？」「不不不，我再看一下，不太喜歡。」「你剛才不是很喜歡的嘛，咋一下子就變了主意？」「呀呀……」眨眨眼：「其實穿在我身上嘛，並不太好看！」

瞎三話四！她曾經給我看過她少女時的照片，穿上皮夾克，架黑眼鏡，風采不落女貓王安瑪嘉烈，於是我慫恿她：「買吧，這是你五十歲的生日禮物！不差這個錢！」我拍拍褲袋。她忙擺手：「不不，我不是這個意思，只是不喜歡的，買下來有甚麼好，對嗎？」忽地一把拉住我急跑到另一個賣毛衣的櫃檯，順手在毛衣堆裏撿了一件紅色的樽領毛衣：「過兩日便是大年初一，穿上它，可喜氣洋洋啊，對不對？傻仔！」把紅毛衣抵在胸前比一比，臉上綻放着春風也不如的可愛笑容：「好看嗎？」

天哪，能說不好看嗎？再看價錢不過四百多，我吁口氣，豁然明白，

位於北角的新都城百貨公司在一九七四年開業，對面便是華豐國貨。（維基百科照片）

她在爲我省錢。包起禮物，拿在手上，小鳥依人，依偎我肩上：「只要是你送的，便是世界上最好的禮物！」我心一酸，眼淚險險流下來。打她成爲我妻子後，我送過她的禮物不出五件，而且都是廉價貨。我眞太吝嗇，是上海人口中的猶太！

買了毛衣，去吃東西，明園西街上有不少酒家、餐館，卻偏偏挑了一家店面普通的茶餐廳。坐下，也不看食譜，便點了一碟乾炒牛河、咖啡一杯。我抗議：「你今天大生日，應該吃好一點！」她回說：「今天是我生日，我是Boss，甚麼都要聽我，你沒有發言權！」杏眼圓睜，不怒自威。我臣服，拗不過她。不管我同不同意，順手爲我點了一碟星洲炒米：「大狗！（我的暱稱），你最喜歡的星洲炒米！」須臾，炒米、炒河相繼送上來，她拿起叉子，一叉一叉，滋滋有味地吃着，滿嘴油，用紙巾拭了，呷一口咖啡，重複努力，很快就掃光整碟河粉。我也吃得差不多了，有點尿意。小傢伙趁着我上洗手間的當兒，搶先結了賬。我生氣了，她伸伸舌，嘻嘻笑：「來而不往非禮也，你常說的。你送我禮物，我自當回請你吃飯，主客不相欠，有甚麼不對？」我沒話說。

晃眼，十年前的事兒了。傍晚，我走進新都城，邁上二樓，走了一匝，賣皮夾克的櫃檯沒了影兒，問女售貨員，原來三年前已結業。倒是售賣毛衣的櫃還在，只是轉了個地方，挨着自動樓梯旁營業。我跑過去，伸手毛衣堆裏，一件一件地挑，喲！甚麼顏色都有，偏偏沒了亡妻喜歡的紅色，女售貨員機靈地道：「先生，現在的女士們，都不大喜歡紅色，嫌太俗。她們傾向黑色、鵝黃色和棕色，先生，你要哪一件？」

攤攤手，怏怏地走出新都城，向西行，轉彎入明園西街，直想找那家茶餐廳，門庭依舊招牌改，已換上一間潮州館子。我佇立館子前，透過玻璃窗，看到那年我倆共餐的情況。燕燕拿着叉子，一口一口地吃着牛河，吃得滿嘴油，用紙巾拭了一下，順口喝一口咖啡。看到我在學她的狼忙相，嫣然一笑，伸一下舌尖，模樣兒活似我倆的姨甥孫女巧妍。坐在對面吃着星洲炒粉的我，同樣裂唇微笑。哎喲，此刻我的牙齒有點酸，辛辣的洋蔥味兒，彷彿在舌尖上打轉。眼前一轉，來到妻子喜歡的堡壘街，說靜中帶旺，交通便利，很想移居至此。租金不便宜，貸不起。握住我的手，柔聲說：「不打緊，我們努力，準能成。」直到她去世，美夢終難圓。

我又獨個兒走在北角的馬路上，風，越來越急，還夾着微雨，吹面生寒。我欲乘風歸去，風卻不載我，大貓（妻子的暱稱）！何處是吾家？沒了妻，家何在？

我與香港書展的不了情

雨未歇，風續吹，我踏上告士打道的天橋，冒着兩側撇過來的雨，疾步跑。時維九五年，目的地，會議中心書展。我有一本不成器的小說給擱在書展攤位，我心焦如焚，欲看看銷情。到了正門，半身濕濡，不礙事，看書要緊。連忙踏上自動電梯奔二樓，嘩！好大的展覽廳，四、五排行列，足有一百多個攤位，我的書放在攤位裏，更顯渺小。

我跟在人群背後，一步步的邁向前，偷偷望，偷偷看，其實，何必偷偷看，偷偷望，明目張膽地看望嘛，根本沒有人認得你這個小癟三！終於看到我的「大作」，雜夾在一堆書的中央，倘不是我金睛火眼，哪能看到。老哥倪匡的書可就不同了，煌煌部頭，綿綿不斷，站在三十丈開外的地方，也能看得眞眞切切。心中嘀咕：何年何月何日拙作方能有得如此的聲勢？耳邊響起春雷般的聲音：「你做夢吧，小子！」回頭看，哪有人說話，原來是心扉裏的自說自話。我不服氣向心中的「我」罵道：「關你鳥事，想想總可以吧！」哈哈哈，聽回來的是幾聲冷笑。

打那年後，我有一段很長的時期沒有再去書展，爲人作嫁衣裳，何必？說到書展，絕對不能忘記一個人，就是老朋友葉大偉，沒有他，沒有書展。我在《書展的創造者葉大偉》一文中曾寫道：大偉是書展始創者，我認識大偉是在七五年，ＴＤＣ（香港貿發局）舉辦香港時裝節，《大任周刊》想做一個特輯，總編輯孫寶毅先生委我去辦，我帶着同事小朱，跑上康樂大廈ＴＤＣ辦公室找資料，接待我的便是葉大偉和傅敬德。大偉三十多歲，雄姿英發，朝氣勃勃，聽得來意，大表贊同。四個人到樓下美心咖啡室商議，我建議拍模特兒穿上香港時裝的照片，傅敬德皺眉：「這有點難，老兄你要知道，香港模特兒呀，身驕肉貴，沒錢的事兒，不知肯幹不！」大偉即說：「不怕，包在我身上！」一挺胸膛，胖嘟嘟的臉上現出一絲自信。果然，他找來陳國儀和劉娟娟幫忙，小朱拍了一輯彩照，刊在《大任》，那期銷路大增。

陳、劉兩位模特兒，是當時香港最紅的模特兒，白馥馥香肌，纖柔柔柳腰，庸脂俗粉，豈可企及？我請大偉喝茶，不住稱謝。敬德帶妒意道：「你以為是他的本事嗎？嘿！」話中有意，追問，回說：「他的女友也是名模呢！」原來那時大偉正跟模特兒許珊談戀愛，朝中有人好做官，難怪有此能耐。

大偉那時的職銜是經理，敬德跟他是同級。一個靈巧，鬼點子多；一個務實，執行有度。書展跟貿發局連在一起，始自九零年。此前，香港的書展純然由出版商聯合主辦，地點設在大會堂，規模不大，我也曾跟朋友去逛過幾趟，買了十來本散文、小說，所得印象，平平無奇。其時，貿發局已發展得非常蓬勃，於是出版商就連署上書，望貿發局可以資助。大偉大力支持，說服時任主席鄧蓮如爵士接辦，於是就有了一年一度在夏季舉辦的書展。不少朋友都以為大偉愛玩、愛鬧、愛美女，且無時間觀念，這可太冤枉他了，他是一個很實在的人，受到他父親葉靈鳳的影響，喜歡看書，甚麼書都看，也包括了馬經。

大偉九二年因心臟病去世，我非常難過，永遠失去了一個能說心中話的朋友，雖然大偉常鬧失約、遲到，害我一個人在咖啡室枯等，我仍愛跟他聊天。某日，忽問：「你體諒我，是不是因爲我父親的關係呢？」「有點關係。」我微笑回答：「因爲我想看看，爲甚麼一個大作家會生出一個如此浪蕩的兒子？」相顧大笑。大偉的父親是五四運動的名作家葉靈鳳，因跟魯迅對文學意見有所分歧，被魯迅狠狠地批了一頓，因罵得福，聲名更顯，七十年代初，有緣見靈公，出自小說家劉以鬯先生的薦引，談現代文學（紀錄刊在《四季》第一期），地點在萬宜大廈二樓的紅寶石餐廳。

說靈公，不得不提上世紀二十年代日本的新感覺派，領頭人是橫光利一、川端康成和中河與一，目的是對抗普羅文學的崛起。勢孤力弱，推行了三、四年，便告壽終正寢。橫光、川端各自回到自己的寫作崗位，宣揚傳統東洋美學，都成了大家。多年後，葉靈鳳受到親日派劉吶鷗影響，聯同穆時英等新潮作家，在上海推行新感覺派，跟左翼文人的普羅文學相頡頏，戰火璀璨激烈，相互攻訐，間接成就了「上海新感覺派」的盛行。

說回香港吧！千禧年後，香港書展發展蓬勃，已成國際盛事。這幾屆，我也有少許作品放在書攤銷售。崔護重來，冷眼旁觀，偶然看到有人拿起一本，扔下一、兩百元鈔票，喜不自勝。（喂喂喂，別得意洋洋，你算老幾？跟倪老哥相差何止千里！）心裏那隻鬼又來嘲笑我了！嘲笑是動力，俺會更努力。近三年，欲窮千里目，走上一層樓，居然上台講演了。心中無點墨，胡亂說一通，引來哄堂大笑。有書友說：「沈大哥，你這不是在講演，而是在搞棟篤笑（脫口秀）！」我一想，這也不錯，在苦熱季節裏，逗眾一笑，豈非美事？夏日炎炎，笑口常開，長壽之徵！

沈西城在二〇二三年書展的講座，主題是「我經歷的香港電影輝煌時代」。

慘無人道的兇案

日本記者朋友越洋來電：「Kowai, Kowai!（可怕可怕）沈桑，你們香港可真了不起，居然出現了Kyo no kazoku!（兇殘家族）我們日本最兇殘的案件也是望塵莫及喔！」說的自然是近日轟動全港的蔡天鳳碎屍、烹屍案。聽得我戚戚然，這種風頭不出也罷！現階段警方蒐集證據，不便多言，還是談談過去香港曾發生過的類似案件吧，其驚心動魄，兇殘無性，不下於今案。

一九六八年，我認識了杜老誌一位紅小姐「酒后」石玲，酒量之猛，打破歡場無敵手，我跟她拼酒，醉得烏天黑地，不知家在何方，俯首稱臣，甘認誼弟。時相過從。某秋夜，有微雨，我打傘送誼姊回家。石玲香閨在跑馬地黃泥涌盡處，名翠景樓，間隔寬敞，逾千尺，有名曰酒后，家中美酒自多，威士忌、白蘭地、氈酒、冧酒、葡萄酒通通有。「小弟要喝甚麼？」石玲膩聲問，宛如呢喃。「姊，你醉了！」我低低地回答。「嘿！姊會醉？日出西方了！」白了我一眼：「是你醉了吧？」（放屁！）嘴一嘟：「喝便喝，誰怕誰！檸檬氈酒加冰！」秋夜夠舒暢。姊弟倆，你一口我一口，樂也融融。

忽地石玲說起當時所發生的兇案，原來案發現場正在樓下。「小弟，你怕不怕鬼？」石玲捧着酒杯。「不怕！」我挺胸突肚。（我膽子小，三更半夜說兇案，我直冒冷汗。）「自從發生了兇殺案之後，全層大廈發生了不少不可思議的事情，有人聽到樓下有女人啜泣聲，也有人看到十樓牆壁出現鬼影……」石玲姊越說越起勁，我寒毛直豎（姊呀！你不要再說了！我想吐。），只好借眼瞓，遁之可也。夜已深，我歸家，電梯暫停服務，打頂樓扶梯下樓，走過十樓，只覺陰風陣陣，遍體生寒，直是一步一驚心。出了大樓，跳上的士（計程車），回到家中，再灌一杯黃酒，蒙頭大睡。

中華民國五十九年公歷一九七〇年五月十五日 星期五

本港新聞 ①

跑馬地翠景樓灶底藏屍案鍾明麗母子沉冤得雪

林志生入獄廿年

檢察官表示林殺人有據應處死刑故即聲言上訴

林在判決前要求給予時間祈禱聞判後大為衝動

閒判衝動

判詞內容

推翻口供

法網難逃

林志生

鍾明麗

跑馬地灶底藏屍案的相關報道。《星島日報》一九七〇年五月十五日刊。

華僑日報

狠毒婦人鐵鏈殺夫 電鋸分屍

中年婦人疑丈夫有外遇釀慘劇

女兒大義滅親報案

碎屍當攪拌難尋回

警方在康怡花園兇案現場帶走殺人兇器

母稱誤殺丈夫誤爲說笑

女不見父面

唔律師報案

警方列為懷疑謀殺案

兩個工程師學會組團

啓程赴北京訪問七天

就工業工程交流意見

立法局有責

辯基本法

如何收集港人意見

康怡花園烹屍案的相關報道。《華僑日報》一九八八年二月廿二日刊。

翌日，仍難心安。

這宗兇案就是跑馬地翠景樓灶底藏屍案。印尼籍華僑林志生謀財害命，殘殺情婦鍾明麗和她的五歲幼兒，碎屍十四塊，藏於灶底，用水泥密封，屍臭不外傳，六七年發生的慘案，延至六八年秋天方被揭發。因有新住戶入要裝修，見廚房灶頭碩朋無比，有礙外觀，就命工匠鑿開，始發現屍塊白骨。警方順藤摸瓜，鎖定嫌兇林志生，攜死者人頭遠赴印尼檢控，結果林志生被判入獄二十年，鍾明麗母子二人沉冤得雪。

老家在鰂魚涌，以前屬北角近郊，地僻人稀，名重一時的麗池夜總會即在於此。七十年代後，大廈林立，人口漸多，成爲中型住宅區，人多不雜，治安良好，少有命案，物極必反，八八年竟發生了一起驚人烹屍案。案發於康怡花園某單位，死者傅棠，爲塑膠商人，失蹤逾月未見歸，其女傅女士往北角警署報案，坦告曾聽母親說親手殺掉父親。根據傅女士口供，一九八八年二月二十三日下午三時，正欲離開康怡住所，看見母親正在抹地，客廳內隱約有血腥氣味，循室查看，發現父親不知所終，詰問母親，云：「你爸想用毛氈焗死我，我用鐵鎚殺死他。」傅女士初以為母親只是胡言亂語，後見父親長期不再現身，心有疑念，決定報警。

警方接手調查，發現傅棠並無離境，初列作失蹤案處理。深入調查後，疑點重重，設立專案小組深入追查，最終定調為兇殺案。肇因涉及金錢、情感。死者傅棠發跡後，有外鶩之心，在外金屋藏嬌，為髮妻馬潔芝所悉，不依不饒，要求丈夫離開新歡，並威脅轉移財產至自己名下，為死者所拒，妒火中燒，萌生殺機。獨力難成，於是夥同胞弟馬坤及其他人等，殺害死者。馬潔芝用鐵鎚狠砸死者，隨後用電鋸肢解屍體，並將之投入大鍋煮沸棄置西灣河等垃圾站。手法乾淨俐落，唯一留下的死者物件僅是身份證影印本。離職警察朋友盧君明言：「屍首沒有了，警方很難證明這是一起謀殺案。」由於心理醫生認證被告精神分裂，其含糊迷離的自白，不能用來證明其所犯罪行，最後定為誤殺，被告被判入精神病院作無限期治療。留醫七年獲釋。

日本醫學專家兼推理小說家志賀貢說過：「大凡兇殺案，動機不離金錢轇轕和感情糾紛，這兩項誘點日積月累，不加以疏導，就會變成禍害炸彈，輕則傷人，嚴重一些的就變成兇案。女性善妒，觸及其心中要害點，羔羊也會變惡虎。」康怡烹屍案正體現了夫妻能共患難，不能共富貴的家庭倫理悲劇。馬潔芝本是賢妻良母，丈夫一朝發達，便有外遇，千方百計欲跟妻離婚，因而大受刺激，引起精神錯亂，殺害丈夫，手段殘忍，難以饒恕，其情實可憫。不怕你們笑，我是膽小鬼，有段時期路過康怡花園，都會怵怵然，雙腿發抖。

我的中、日故家

周作人撰有《魯迅的故家》一書，記述魯迅翁童、少年時期生活，頗有感觸，想到自己的故家，東施效顰，無妨寫一些來談談。所謂故家，其實有三處，一在上海，其居室大致已不復記憶，現只憑模糊印象，略事記敘。吾家在西藏南路同康里，是面積不到八十方呎的亭子間，臨街開有窗門二，可窺街上行人往來。天未破曉，路燈猶明，便有小販手推木頭車進里，沿途叫賣：「粢飯——豆腐漿——大餅——油條！」熱飯暖漿香餅，乃成里民爭購對象。須臾，物罄人散，挑擔小販，邊哼申曲小調：我要哪能是哪能……朝里巷入處，迤邐而去，頃刻不見影兒，而普羅里民，亦復束裝上道，各奔一日之程。同康里之末端，依記憶擺有食肆，雖稱肆，實則攤也，借人家門前一角，搭起帳篷，擺檯、設椅數張，即成格局。午間，勞苦大眾群聚，人聲沸然，店伴穿插其間，手捧菜餚，往來迴旋而不跌，彷似馬戲雜耍，身懷絕技有意炫人，蓋此亦爲招徠客人手法之另一面焉。

一過晌午，午膳客散，尙可得片刻寧靜，未幾卽成兒童樂園，街上孩童，多至數十，或捉迷藏，或效古代俠客作攻城之戲。分成兩方，一曰「忠」、一曰「奸」，彼此以玩具紅纓槍或木削大刀對抗，戰況激烈，而終以「忠」方勝。「忠」方人強勢盛，萬衆一心，焉有不勝？或曰「邪不勝正」，亦是「天道」。余常參與其戲，今思之，七十載前塵，猶如淳于棼得一夢，人世多幻，兒時童伴，今悉星散，生死未卜。

二在香港，居此島逾七十載，人煙稠密處，蝸居得臨海而築，日夕見海鷗、歸帆，可謂幸焉。惟此七十載，碌碌而過，諸事無可多記者，暫且不提。

三在日本，居留僅二載，所得勝舊地。七二年秋，孑身取道東上，至東京，託友覓得一獨立小屋於世田谷區松原，地近明大前車站，面積較同康里稍寬，方百餘呎，附有浴室，可免買熱水於老虎灶，晚間進浴，至爲方便。

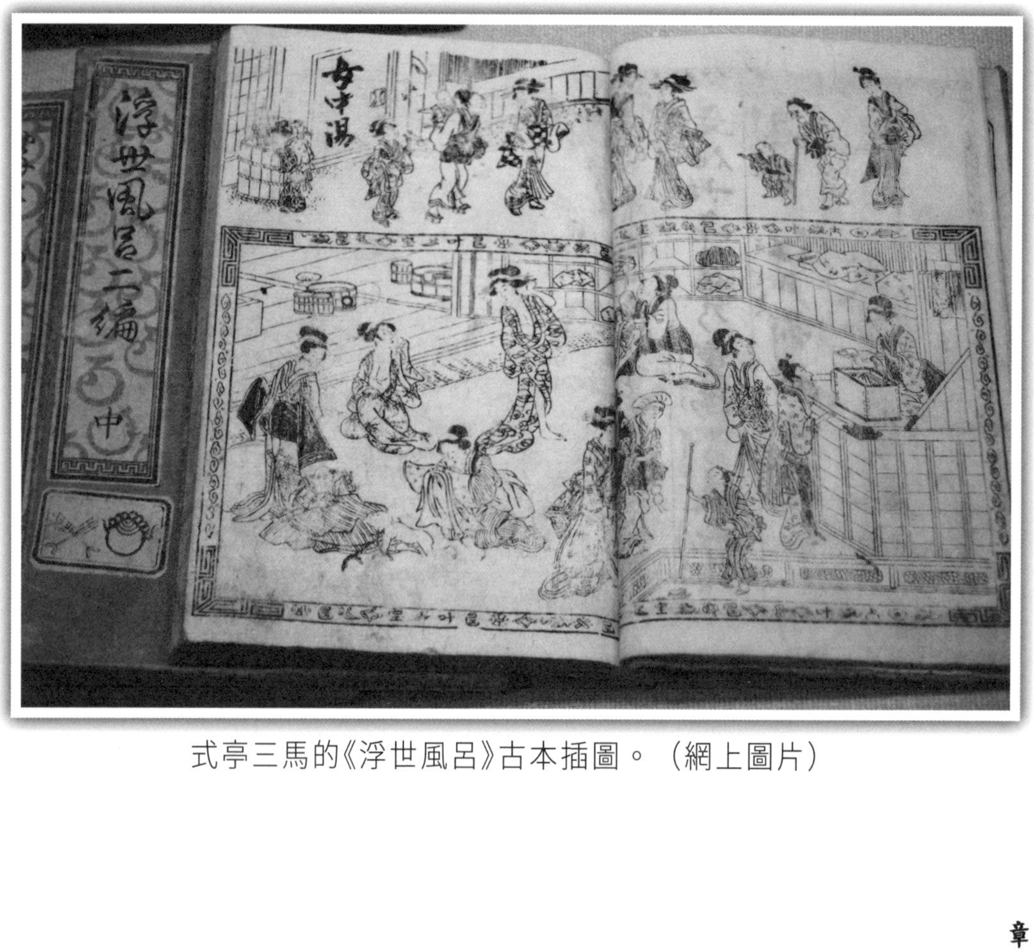

式亭三馬的《浮世風呂》古本插圖。（網上圖片）

余初不諳東洋風呂，誤以香港式進之，因而爲隣人所訕笑，未幾，改從東洋傳統，隣人引余赴日式風呂，老闆爲一中年婦，目光灼灼如鷹隼，安能易衣？隣人則甘之如飴，來之安之，褫衣進浴，旬日即慣，再無羞逼之狀。浴室集傳統、改良二式而成，浴池敷洋磚，湯水則用大正古法爔成，浸浴其間，遍體舒泰。浴室有按摩之設，多女瞽師，年在三、四十間，手法輕靈佳妙，勝新宿土耳其浴室掛羊頭賣狗肉者多多矣，然銷魂蝕骨處則遠不逮也！浴室無搓背工人，顧客欲搓背，惟有彼此照應，肌膚相接，於熱氣彌漫中，白肉交蒸，寫意無比，亟願長作浴中人。浸久成癖，每夜非浸此浴，不能成寐。

蝸居家具簡單，寫字檯、椅各一外，僅置小暖檯，蒲團等物，鋪蓋亦係榻榻米，日間推入拉櫃，晚上睡時，取出往地面一鋪，便成席夢思。地爲草蓆，夏日炎炎，陰涼似空調；入冬，寒風穿窗入，冷不可擋，無已，用餘錢購一卷紅毯，橫鋪蓆上，與檯燈赤罩，輝然相映，而下半身則縮進暖檯，借電氣取暖，手握酒杯，復以清酒補暖檯熱氣之不足。每屆此時，多會瀏覽日本古典名籍排遣寂寥，尤以平安、江戶兩朝爲最，平安《源氏物語》看不懂，只能讀《懷風藻》、《扶桑集》；江戶時代者，受知堂影響，耽讀《浮世風呂》。初時，頗費解，文言用法，素未研習，徒憑字典，一目一行，耗時甚久，所得不多，改看近代小說、隨筆，仍多有未解之處，總勝古文費解耗時。說所得不多，仍有所得，即指旅居東洋，有讀書之閒暇，反之，居港七十餘載，奔波勞碌，何能得讀書之樂趣！

陋居淺隘，正門對開處有一明渠，積水時少，無水時多，隔渠爲東洋老式人家，家中不備水廁，糞尿充塞毛坑，至臭不可仰時，用水沖出，堆積渠中，風起處，臭氣和風飄來，中人欲嘔，閉門隔之，仍覺胸悶氣塞，自擔水出，倒於渠中，目送穢物流去，得暫解困。惟未幾，臭氣復來，其味更烈，日夕相伴，終不覺其臭耳，日友笑言「日夜近之，臭亦爲香。」噫！此豈非「如入鮑魚之肆，久而不聞其臭？」相視大笑。居之近處，有小酒吧，名爲「吧」，實小酒館、進門右側設弧形櫃檯，內有男，女酒保各一，客環檯而坐，低斟淺酌，輕吐演歌，偶爾女酒保作陪酒娘，亦止乎於「陪」，餘皆不可及。素喜此酒吧，夜每有暇必至。「香港桑來矣，香港桑來矣！乾杯！」一衆日人酒客大喊。小酒館未作竟夕營業，子時打烊，酒興若未闌，輒呼朋喝友，勾肩搭背共赴吾家作鯨飲。醉後，橫七豎八，臥地而睡，及醒，酒友皆不知何去。；翌夜又相見於酒館，模模糊糊，似識非識，頻喊「Hajimemashite」（幸會幸會，未請教！）而樂在其中。

緬懷日本老鄰居

在銀座、新宿、澀谷浪了大半個月，學校開課。早上有微雨，偕同岩本先生跑到大久保的國際學友會報到，踅進小巷，徒步十分鐘左右，便到埗。一瞧，呆住：這就是馳名國際的日本語學校嗎？哪有丁點兒名校氣派？且看它的模樣兒吧！兩、三棟二層矮樓擠在一起，灰牆土瓦，沉沉鬱鬱。庭院裏，栽着幾棵客松，伸着椏枝直插灰灰天穹，隱約展示出不屈的姿態。趨近看，樓牆剝落，露出土磚。呀！橫看豎看，都不能稱作是名校啊！在來日飛機上，我閉上眼默想着將要進去學校的面貌：校舍巍峨宏偉，庭園綠草如茵，多少沾上我深深愛慕的明治古風吧！可眼前的名校，跟想像的，相差忒遠了。

走進門，先到校務處登記，接待我倆是一個老女人，一口標準江戶日本語，聽不懂，要勞岩本先生一一轉述。入學手續迅速辦妥，老女人打量我一下：「葉桑，下週三你就可以來上課。」歡喜若狂，打下週三起，我就是名正言順的日本留學生了，我甚至愉快地想到將會能講日本語、看懂日本書。正自興奮之際，耳邊飄來岩本先生的傳言，有如一殼冷水照頭淋，把我從美夢中催醒過來。岩本先生跟老女人的對話，相隔五十年，仍然記憶猶深。

岩本：「週三入學太好了，請問寮（宿舍）準備好了嗎？」

老女人：「岩本先生，這正是我想要告訴你的，寮已滿員（滿）了，眞的不好意思，對不起！」

岩本：「不是早準備好的了嗎，現在怎會沒有了？」

老女人：「時序出現了問題，葉桑申請的文件遲了些日子到我們這裏，收到時已過了兩天，只好把宿舍轉給台灣學生。」

岩本怒道：「這有點兒過份了吧！怎搞的，兩地文件郵遞上的誤差，你們是應該知道的！」

老女人毫不退讓：「我們學校一向照本子辦事，我只能說對不起，對不起！」

光說「對不起」，有個屁用！岩本急得跺腳。我不懂日語，察言辨色，多少看出端倪，我對岩本搖了搖手，示意我們回去。歸途上，不住向我說對不起，反弄得我不好意思起來。事已如此，只好自家想辦法。香予伯家裏人多不便住宿，只好另覓居停，那就得多花鈔票。香予伯代打電報去香港，母親僅回覆二字：「租吧。」於是託不動產代辦，岩本擔保，在世田谷區松原明大前車站附近租了一個地下六蓆小房，倒也雅緻潔淨，灰色木牆，赭紅門戶，紅灰雙映，整齊悅目。門前垂柳數株，迎風招展，人家屋簷掛有風鈴，微風拂過，盪起清脆聲響，滌人心胸。一看便合意，決定租下來，房租一萬五千不便宜，台灣同學在下北澤租得同樣一間六蓆小房，租金只八千，足足貴了差不多一倍，貪圖享受安逸活受罪。母親疼我，把每月生活費用調高至三萬，去了房租的一半，剩下萬五，東京物價高，入不敷支，只好勒緊肚皮度日。

明大前車站一帶，喧鬧非常，滿是戲院、酒吧、超市、餐館，購物吃食方便。東京名聞世界，食物卻差，我這個香港學生吃不慣生冷東西，人人視爲美味的壽司，我難吞嚥，惟有吃拉麵，浮游於湯面那兩三片瘦肉，纖弱得風也吹得起，咋吃？不吃麵，只好吃咖喱飯，甜甜的毫無辣味，用竹筷挑，翻江倒海，不易找到一兩塊肉，可幸有味噌湯，勉能進口，倒是伴在飯邊的蔬菜，蘸上沙律醬，清爽好吃。偶然奢侈一點，來一碟炸豬扒飯，已是食福無邊。日本的米飯黏黏糯糯，入口甜，卻易壞牙，因而日本人多有齒患。

我自出娘胎兒以來，不曾獨居，凡事都有傭人代勞，來到東京，孑然一身，大少爺甚麼都要自己做，洗衣成了我最頭痛的事。隔鄰田中太太有洗衣機，免費代洗，盛情至可忻感；對門的川崎大姊，隔三岔五送上一些草餅、蛋糕、便當給我裹腹；還有中村老婆婆，背脊微佝，步履蹣跚，每早必叩家門，叫着「葉桑，你元氣（好）嗎」？答曰「元氣」，就轉身離開。開門一看，嶙峋背影影漸漸消失眼中。當然忘不了我的日本誼母岡田壽子，老太太每個

青江三奈《國際線待合室》錄音帶，Victor Music 發行。

星期必招我家裏夕食（晚飯），知我不吃魚，代之以牛柳。牛柳在日本是貴價貨，一般人家都吃不起。九四年回香港後，我每吃牛柳，鼻子一酸，都會想起岡本媽媽。

七八年重回松原，舊居已租予一對青年夫婦，老婆婆歸長野故里，田中一家早亦他遷，岡本媽媽則於我離日三年後，一病不起。漫步至明大前車站，華燈初上，我常去光顧的阿菊小酒館門庭依然，金髮紅唇、有「明大前青江三奈」稱號、妖嬈的玲子媽媽生卻已不知去向。玲子，可還記得那個夜，簷前滴雨，風吹暖簾，我在店裏聽你唱着青江三奈的《國際線待合室》：「藍色燈光的飛機引行道，不知爲何今日會感觸良深，相見是痛苦的，相見是痛苦的，明知道是這樣，仍然還是獨自前來，想見你一面……」此刻我欲守在行人道上見你一面，你會來嗎？

我的日本遊學生涯

說我往日本留學，實在抬舉了我，學而未成，從沒入過大學，美其名只能說是遊學，遊遊蕩蕩考進國際學友會日本語學校，學了一年半日本語。由於曠課日多，終期考試不是卒業，只能修業。二者是大有分別的，卒業是畢業，學校頒發文憑；修業是指完成了所讀課程，只能獲取一張證書，聊勝於無。母親不知就裏，給我瞞騙了過去。即使是修業，我是連一點起碼的遺憾都沒有，我去日本，爲的是學懂日本話，洋涇濱也好，只求能跟日本人溝通，懂看一些報章、雜誌，已感快慰滿足。七四年自日本歸，就憑這些微末本事，做日本語翻譯，養妻活兒，生活困苦，精神上卻是頗爲愉快的。女兒其時尚在襁褓，吃了奶一覺睡，妻也賢良淑德，幫我幹些雜事，沒半點兒埋怨，於是便能安下心來，替《明報》、《明報月刊》、《明周》和《明晚》寫文章，乘閒爲《天地》翻譯了兩本松本清張的推理小說。七五年後，到又一邨歐美出版社做事，跟戴天、克亮、翁靈文等前輩成了同事，期間更幸運地認識了胡金銓，應他所請，翻譯老舍記事《老舍作品裏的事實與幽默》。白頭宮女話玄宗，俱往矣，回憶是一場夢。

七二年深秋，枯草遍地，楓葉漫山，我離開香港到了東京。中國飯店經理岩本高伺親到羽田機場接我，胖胖的漢子，會說幾句廣東話，並不靈光，可在異地聽到家鄉話，心裏自有一絲暖意。在父親朋友香予世伯的家裏，住了兩日，就開始自由活動。身上懷着母親給我的兩萬日圓生活費，膽子頓壯，第一個目的就是銀座。香港人都知銀座其名，以爲是繁華煙花之地，其實只是隸屬有樂町的一個小區。眞正繁盛的是有樂町，名聞東南亞的《朝日新聞》正在有樂町車站一旁，古老莊嚴，純然明治風。區內，娛樂場所、戲院、百貨公司，滿滿都是。大型百貨公司有高島屋、三越、伊勢丹，香港銅鑼灣的大丸，怕跟它們挽鞋子的資格都沒有。

東京有樂町的三越百貨公司。

三越嘛，在香港時，早已耳聞大名，決定先到那裏探一探。入門就給寬敞無比的大堂唬住了，每層樓都裝有長長的自動電梯，梯端站有一位穿制服的妙齡女郎，禮儀周周，笑語盈盈，鞠躬作揖，嘰哩呱啦說個不停。我一句都不懂，不知她在說甚麼。鑑貌辨色，大抵是歡迎詞和介紹語吧！歡迎顧客光臨，隨之介紹那層樓有甚麼貨色好賣。

我先從低層看起，二樓是女裝部，一萬呎面積，布滿形形式式的衣物攤位。我逐一駐足而觀，所展都是最新款的時裝，有歐美的、也有本地的，日本人愛國，婦女們大多挑日本貨。走了好幾步，不期然留意到轉角攤位上的一位老太太，挑選的衣服，放滿櫃檯，粗看有十來件吧！我心想這老太太眞闊氣，走近一瞧，嘿！左挑右揀，披沙淘金，最後只挑了襲五千日圓的便宜貨色遞給女售貨員。女售貨員奉若神明，滿臉感謝之情。哈哈，倘是在香港，售貨小姐大許會怒目而視，說出些冷語冷語吧！可那女售貨員依舊桃花春風面，不住鞠躬，口裏不停說着「阿厘阿鐸」。我看得呆住了，世界上哪會有這麼和藹殷勤的售貨小姐呢？

　幾乎所有日本百貨公司地庫，都闢有食物部，林林總總的食物包好堆在攤子上，在當眼處放上瓷盤，鋪着食品，每個攤子都拉有橫額，寫着「歡迎光顧，隨意試食」字樣，我這個香港來客，滿腹狐疑，鐵柱一樣的佇在攤子前，不敢越矩。那年我方二十出頭，哪敢以身試法，乞討白食。須臾，見不少男女顧客列隊試食，才知道原來眞是免費的，便不由自主地湊過去。女店員立刻用日語向我說了一大堆，我唯唯否否，指着碟子上的乾魷魚片，女店員識相地用叉子叉起，醮了沙律醬，遞到我嘴邊，一入口，脆而香，一點兒也沒有偷工減料。

　女店員見我吃得香，嘴角綻笑，有如盛開的玫瑰，伸手用木筷子挾起一片刺身給我享用。我不嗜生冷、擺手推讓，女店員點點頭，又想送上乾魷魚片，人不能貪婪，太不好意思了，轉身離開，走到甜品攤子，依法炮製，指指點點，吃了草餅、羊羹，仍不能消弭嘴裏鮮美的乾魷魚片氣味，肚裏饞蟲鼓動，硬着臉皮，重新踅回原來的刺身攤子，女店員見是我，又送上乾魷魚片，我已成精，臉不紅，氣不喘，恬不知羞地一口咬着吞進肚裏，食相滑稽，逗得女店員咕咕嬌笑起來。嬌笑聲中，我快溜向隔鄰售飲品的攤子，咖啡、紅茶、可樂……任君選擇。吃飽肚子，還是喝一口熱咖啡吧！哪種感覺難以言傳。日本優惠，香港那時沒有。自此，我學乖了，每日蕩馬路，不忘溜進不同的百貨公司地庫試食，飽了肚子，省下鈔票。

日本書店作興嘉惠愛書人，神田、神保町的書店，無論新、舊，店面當眼處，例擺有一個書攤，攤上舊書任君取閱。唷，便宜要貪！我在這裏拿下了永井荷風的《墨東綺譚》、松本清張的《某小倉日記傳》、谷崎潤一郎的《鍵》、芥川龍之介的《竹籔中》……不懂日文，不打緊，摩挲封面，看看插畫，心願已足。長年累月，順手牽羊，六蓆斗室盈滿書籍，賣掉歸港，攜帶不便，只好綑起數扎，統送日友。遊學生活點滴，可記者不少，容日後再談。

矢口書店
矢口書店
映画・シナリオ
演劇・戯曲

古書買入
美術書
飯島書店
易学
運命学
原書房
原書房
ブンケン
ロック・サイド
古本買取
南海堂書店
TOKYO 2020
文華堂書店 文華堂書店

東京神保町的古書街。

舊夢系列

舊夢迷濛

鄧昌成題

沈西城 著

作者
沈西城

出版人
漫讀文化香港有限公司
地址 九龍灣臨興街 19 號 同力工業中心 B 座 11 樓 9 室
電郵 info@dokumanhk.xyz
網站 http://www.dokumanhk.xyz

責任編輯 譚美儀
封面題字 鄧昌成
扉頁題字 余元康
封底篆刻 鄧昌成
美術設計 中平
排板 中平

國際書號 978-988-76738-9-7
定價 HK$ 138 NTD 520

承印者
恆友印刷有限公司

發行
一代匯集
旺角塘尾道龍駒企業大廈 10 樓

2024 年 3 月 第一版
Printed and Published in Hong Kong.

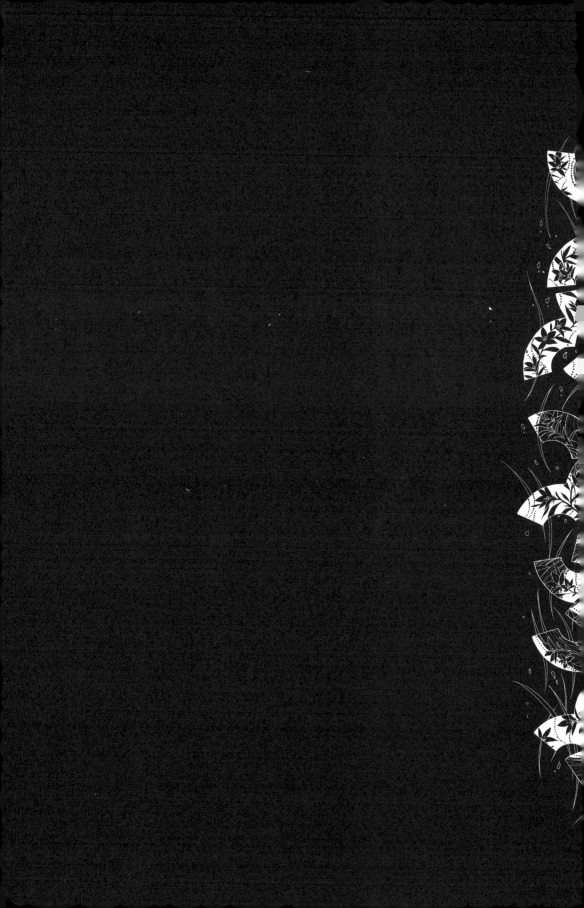

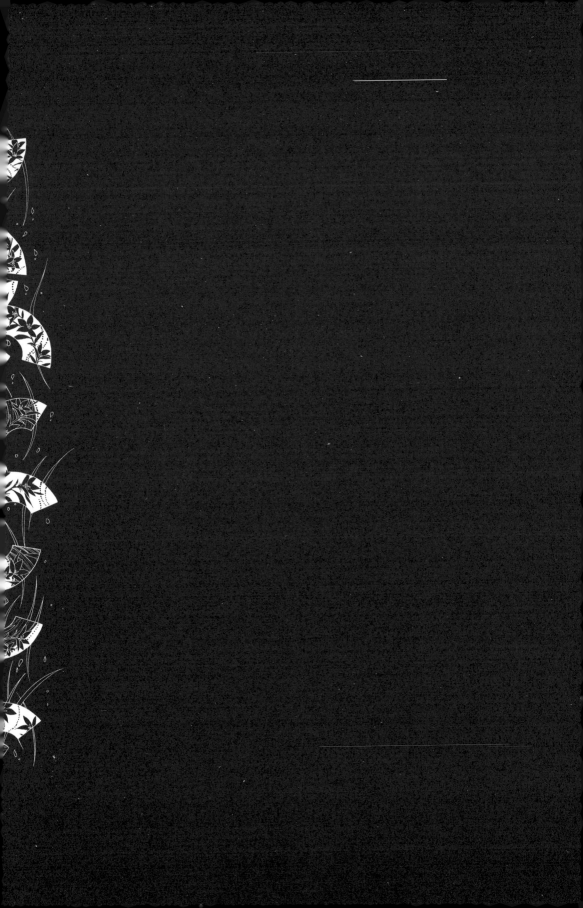